LES
COMPTES

DV
MONDE ADVENTVREVX

Texte original

avec

NOTICE, NOTES ET INDEX

PAR FÉLIX FRANK

Tome Second

PARIS

ALPHONSE LEMERRE, ÉDITEUR

27-31, PASSAGE CHOISEUL, 27-31

—

1878

LES COMPTES

DV MONDE ADVENTVREVX

LES
COMPTES

DV

MONDE ADVENTUREVX

Texte original

avec

NOTICE, NOTES ET INDEX

PAR FÉLIX FRANK

Tome Second

PARIS

ALPHONSE LEMERRE, ÉDITEUR

27-31, PASSAGE CHOISEUL, 27-31

—

1878

LES COMPTES

DV

MONDE ADVENTVREVX

COMPTE TRENTEQVATRIEME.

Encore qu'il me fache fort de dire chose qui soit au defauantage des femmes, pour l'honneur que ie defire porter aux fages fçachant qu'il y a des hommes tant malicieux qui font toufiours fi grande confequence de la faute d'vne feule, pour s'efforcer à la faire tomber fur toutes, afin de les blafmer egallement : Toutesfois cefte crainte ne me fera oublier de defcouurir l'apparente folie d'vne pour rendre les autres plus aduifées & prudentes.

N ieune Efcolier de riche maifon, apres auoir longuement efté en Italie, aux vniuerfitez de Boulongne & Padouë pour eftudier, laffé des courtifanes du pays, auec lefquelles auoit paffé maintes longues nuitz, comme celuy qui de nouueau auoit receu argent & cheuaux s'en alla bien accompagné voir le pays d'Efpagne. De là venant en France paffa par la ville de Auignon : laquelle trouuant felon fon plaifir, tant pour la commodité des compagnies, que pour eftre faché de plus

voyager, delibera de reprendre les delices de l'Italie,
par feftins & mommeries. Et tant continua cefte def-
penfe qu'il eut le credit des plus honneftes & apparentes Dames de la ville. Entre lefquelles vne luy femblant au gré de fon affection la mieux digne du nom
d'amye, laiffa tous fes liures pour regarder & lire au
vifage de cefte dame, laquelle eftant d'vne condition
auare, fine maiftreffe en l'amoureufe efcolle, cognoiffant l'Efcolier amateur de cefte leçon, & qu'au moyen
de fa ieuneffe, auec le temps elle en feroit comme d'vn
petit chien mignard qu'on meine par le collier, delibera
non de luy donner l'execution de cefte defirée iouyffance : mais de bien cherement luy vendre. Donc
aymant autant l'argent que l'amy, apres auoir tiré vne
partie de fes biens, & les plus fecretes penfées de fon
cœur par entretiens fardez d'honnefteté, voyant cefte
ieuneffe enueloppée d'vne paffionnée opinion du refuz.
Vn iour enuoya fecretement vne vieille caqueteufe vers
ce ieune amant (nommé le feigneur Alphons) auec
lequel eut tant de propos, & fit fi bien le deuoir de fon
ambaffade, que finablement luy accorda (au nom de la
dame) qu'vne nuit il yroit coucher auec elle, moyen-
nant qu'il porteroit mille ducatz content, qui eftoit le
refte de tout fon argent. Mais le pauure tranfi auoit le
fens fi enueloppé d'amour que s'il en eut eu fix fois
dauantage, auffi librement les euft donnez. L'heure
donc venue & affignée, fe trouue le ieune filz en la maifon de la Dame, laquelle aduertie de l'argent qu'il portoit, le fceut fi bien baifer & carreffer que auant que
venir au principal but, elle tint la bourfe & les ducatz
fouz feure & bonne garde. Ce fait s'alla coucher auec

la Dame, iouïſſant du plaiſir d'vne trop chere nuyt. Le
lendemain plus content (ce luy ſembloit) que d'auoir
tout l'or du monde, retourna ſecretement en ſon logis.
Et au bout de deux ou trois iours voyant ſon argent
court, eſpera qu'au moyen du traitement que luy auoit
fait la Dame de la liberalité de ſon corps, qu'auſſi peu
ſeroit elle chere de luy preſter de ſes propres deniers ı
Mais le pauure homme fut bien deceu, car à l'heure
qu'il auoit porté ſes ducats, eſperant retourner à
l'amoureuſe bataille, trouua la porte barrée, ſans auoir
en ceſte nuyt, ne ſur le iour, regard ne ſigne fauorable
de ſa Dame autre que d'incogneu. Ie vous laiſſe à
penſer le grand regret qu'il eut, de ſe voir ainſi me-
chamment trompé, & demouré nud comme vn beliſtre,
ſans nul eſpoir d'Amour, ne d'argent. Choſe qui le fiſt
entrer en telle melencolie, que (n'ayant autre remede)
alla vendre vn cheual d'Eſpagne qui luy reſtoit de tous
ſes biens apportez en Auignon : & ayant contenté ſon
hoſteſſe (auecque vn merueilleux regret) donna congé
à tous ſes feruiteurs. Et ainſi ſeul deſnué de tous
ſecours, en l'eſtat d'vn laquais, habandonna la ville :
& de fortune arriué en l'hoſtellerie, où le mary de la
Dame (reuenant d'vn ſien voyage) eſtoit logé, homme
de lettre & de bon iugement (ayant frequenté les pays
eſtranges) & comme celuy qui cherchoit compagnie
pour deuiſer, allant par l'hoſtellerie rencontre ce ieune
homme tout paſle & penſif de ſa recente fortune : Incontinent entrant en propos, luy demande quel chemin il
vouloit prendre, l'Eſcolier luy reſpond ſon intention
eſtre de retourner en ſon pays, & tant continuerent à
deuiſer enſemble que le Gentilhomme le cogneut

homme d'affez paffable fçauoir, qui le fift entrer en
propos plus priuez le voyant ainfi melancolique, iufques
à luy demander l'occafion de fa trifteffe le preffant par
tant de douces parolles, que l'efcolier ieune, efperant
(comme eft de couftume) alleger fon mal en le racon-
tant deduyt par le menu le difcours de fon auenture,
fans nommer la maifon ne la dame. Le Gentilhomme
oyant parler d'Auignon, entra foudain en vn petit foupçon, qui le fit eftre plus curieux qu'il ne deuoit, de
fçauoir qui eftoit la dame, laquelle ayant defcouuert
eftre fa femme, combien que ce Soleil luy fit mal aux
yeux, & plus à la tefte, toutesfois diffimula fon entreprinfe, difant à l'Efcolier : mon amy ie fuis grandement
fafché de cefte fortune. Et combien que voftre folie
ayt efté grande de vous laiffer abufer par vne fi malheureufe femme, fi ne faut il pas entrer en defefpoir,
mais pluftoft par ceft exemple eftre fage de ne plus
tomber en telz lacz, auffi plus auifé de ne mettre en
hazard voz biens & voftre vie pour la volonté charnelle
d'vne fi fotte concupifcence : mais afin que voz eftudes
defquelles ie cognois le commencement eftre bon,
& que ie fois caufe de vous ofter hors de la peine
& fafcherie en laquelle eftes plongé, vous reuiendrez
auec moy, vous affeurant qu'à mon moyen ferez remis
en voz biens fans rien perdre n'aucun defplaifir receuoir, auec la liberté de pouuoir choyfir voftre chemin en
vn autre & meilleur ordre que n'eftes de prefent. Alphons
las d'aller à pied (comme celuy qui n'auoit accouftumé
d'eftre laquaiz) oyant parler de la reftitution de fon
argent, fut facile à conuertir, & retourna en Auignon
auec le Gentilhomme, qui le mena fur le foir par rues

fecrettes en fa maifon, où faict foudain comparoir fa
femme en la prefence de fon amy, laquelle (fe trouuant ainfi furprinfe de celuy qu'elle penfoit eftre bien
loing) perdoit toute contenance. Le mary en colere,
ayant la main à l'efpée, commença d'vne affez rude
maniere à luy dire. Sus, ma dame, reprefentez foudain
les mil ducatz que ce ieune Efcolier vous a baillez,
pour la iouyffance d'vne fi chere marchandife. La
pauure dame, encores qu'elle euft fort grand befoing
de la confolation de fes pleurs, pour fe veoir hors de
tout remede de pouuoir couurir fa faute, fi fut elle
contrainte d'apporter l'argent fur la table, fe mettant
à genoux d'vn cofté, & le efcolier de l'autre, qui
n'eftoit en moindre crainte, penfant perdre l'argent
& la vie. Le Gentilhomme prenant l'vn des mil ducatz,
commence à dire : Maiftre Alphons, raifon veut que
toute peine ait fon falaire, & que les marchans deceuz
d'outre moytié & iufte prix foyent reftituez. A cefte
caufe ma femme (qui a efté voftre marchande trop
cher vendant) aura comme il appartient à vne pail-
larde, pour la vente de fon corps, le ducat que ie luy
prefente, & à vous le refte des mil. Mais, ie vous prie
foyez plus prudent que d'acheter vn fi cher repentir,
confiderant le danger duquel vous efchappez. Alphons
voyant fi bonne conclufion pour luy, print vn gracieux
congé, qui toutesfois ne fut fans larmes & paffions de
.cœur, craignant toufiours la mort de la Dame, de
laquelle bientoft apres fut aduerty, & que le Gentilhomme
l'auoit contrainte de boire vn breuuage venimeux & mortel. Parquoy s'en retourna en fon pays auec mil regretz
pour auoir efté caufe d'vne fi honteufe & piteufe fin.

Ie ne voy point, mes dames, que ceſte femme (encores qu'vn tel fait en quelque ſorte qu'on le ſache choyſir ſoit ord & ſalle) puiſſe auoir couleur & excuſe, attendu qu'elle a par auarice executé la choſe deffendue, ſans la cauſe principalle qui y encline, qui eſt l'amour vn treſdangereux ennemy : pour lequel combattre ſe faut retirer au vray amy, auquel eſt la ſource du vertueux Amour : & dire auec le Pſalmiſte. Seigneur ie ſouffre force, reſpondz pour moy, & non pas ſe fier en la puiſſance de ſon propre eſprit, qui ſuccumbe le plus ſouuent.

COMPTE XXXV.

Il ne faut tant s'eftonner fi les gens de baffe condition par igno-rance font quelquefois (& le plus fouuent) trompez d'une fainte & fi-mulée fainteté, veu que les plus grandz & ceux aufquelz deuroit eftre la vertu plus familiere, en font maintesfois abufez. Ce qui doit garder les fages d'entreprendre chofes nouuelles legerement, & rendre crain-tifz les ignorantz de croire autre chofe que ce que Dieu en fon Eglife commande.

N Allemaigne vn grand Prince & Duc (qui eftoit marié auec vne noble & deuote Dame) auoit feulement pour tous enfans vne fille, en beauté & bonne grâce de tous fort re-commandée. Cefte fille (comme feule he-ritiere) eftoit l'entiere confolation de fes pere & mere, efperans quelque iour en faire telle alliance que ce leur feroit vn fupport perpetuel. Mais pour eftre ces bonnes gens affez fuperftitieux fe laiffoient gouuerner par de vieux moynes ramaffez, n'ayans de vraye religion que l'habit, qui frequentoient fi continuellement cefte mai-fon, qu'à ce moyen la fille fe forma vn veu, de ne eftre iamais fubiecte à la loy du mariage, viuant d'un fi ferme propos, fans le fceu du Duc & Ducheffe, en abftinences & oraifons que c'eftoit chofe eftrange & auftere. Toutesfois pour les grandes perfections d'vn fi noble efprit, ne laiffoit d'eftre continuellement de-

mandée des grands Princes du pays pour femme.
A quoy le pere faifoit comme de couftume (& pour le
peu d'aage qu'elle auoit) fage refponfe, attendant
toufiours plus grande perfection d'ans, pour luy declarer l'honneur qu'on luy faifoit de la demander en
mariage, ce qu'il fit : mais cefte ieune Princeffe ayant
fon cœur ailleurs, eftimant (par la fuafion de telz apo-
ftatz) faire facrifice trefaggreable à Dieu que de s'abfte-
nir du mariage faint, inftitué & commandé par luy-
mefme, fift refponce qu'ilz n'euffent foucy d'elle, & que
iamais ne feroit mariée : ce qui contrifta tellement pere
& mere, que non contens de telz propos, vferent de
menaces auec tous moyens pour diuertir cefte fafcheufe
opinion : mais cognoiffans toutes leurs pourfuytes peu
prouffiter (apres plufieurs regretz) cefferent de l'impor-
tuner. Cefte Princeffe, voyant qu'elle auoit affez donné
à entendre fon vouloir, fift faire vn oratoire en fa
chambre, auquel vaquoit inceffamment en continuelles
oraifons, de façon que le bruyt en eftoit commun par
toute l'Allemaigne & l'Italie. Le Duc & Ducheffe hors
d'efpoir d'aucune lignée commencèrent d'eflargir
& donner plus que iamais de leurs biens à ces Religieux, qui auoient telle liberté d'entrer en cefte maifon, que de tous endroitz & de toutes couleurs y en
venoit, comme Loups à la pafture. Et entre les autres
vn (duquel pour l'honneur de religion faut taire le
nom) vint armé d'vne langue fardée de douces parolles
pour attraper deniers, & abufer les fimples, lequel en
habit de trompeur fentant de loing fi graffe proye, faifoit la ronde à l'entour du pays, prefchant auoir aporté
de Ierufalem la gaine du coufteau de fainct Pierre, la

courroye de fes fouliers, & autres femblables reliques,
par vertu defquelles fe vantoit faire vne infinité de
beaux miracles, par cefte langue affetée perfuadoit
aux fimples, toutes menfonges, en forte qu'il auoit
aquis vn tel bruit qu'vn chacun le nommoit vn fecond
Moyfe, ou Helye nouueau venu. Cefte ieune Infante
oyant nouuelles du vaillant Predicateur, l'enuoya
querir, combien que ce fuft le but principal de fon
intention, fi faifoit il le fimple & marmiteux pour n'eftre
defcouuert de fon contentement à fon arriuée, faifant
vne fi humble reuerence qu'on l'eut iugé eftre la mefme
humilité. De cefte façon eft receu gracieufement de la
deuote Dame, qui le pria affectueufement luy vouloir
apprendre les inftructions neceffaires pour le falut de
fon ame. Ce frere voyant fi grand beauté accompagnée
d'vne telle fimplicité, fut de chaleur fi vehemente
affailly, que voluntiers euft mis corps & vie en danger
pour toucher la viue blancheur de cefte perfection,
ainfi comme affeuré fimulateur, & vfant de fes flateries
accommodées en la prefence du Duc & Ducheffe,
commença à recommander grandement les fainctz veuz
& propos de cefte ieune Dame, louant Dieu, qui de ce
mortel fiecle auoit efleu telle virginité pour eftre
fienne à l'exemple & fruit de laquelle fe fentiroyent tous
fes parents heureufement fauuez : mais pour ce que
la frequentation des hommes mondains eft trop dange-
reufe, contraire à toute faincteté, tellement que le
monde, la chair, & le dyable inceffamment combatant
contre les efleuz du Seigneur, à cefte caufe donnoit
l'hypocrite confeil qu'elle fe feparaft hors la veuë de
tant d'ennemis empefchans fa deuotion, & de fe rendre

en vne deuote religion, qu'à fi iufte occafion pourroit
faire fonder, & accompagner de nobles & fainctes
vierges en Iefus Chrift : qui feroit caufe (par leurs
continuelles prieres) que le Seigneur pourroit regarder
fes pere & mere de fon œil de pitié, & leur donner
lignée nouuelle, allegant l'hiftoire de fainct Iean & autres
faincts exemples fort mal à propos, mais feulement
pour couurir ce que fon cœur portoit caché. Ce bon
Prince oyant paroles (fi bien pailliez & compofez de
toutes menfonges) creut trop facilement. Et en la plus
grande diligence que on peuft executer fit edifier vn
fomptueux & magnifique monaftere de Dames qui
(à la nomination du moyne) fut nommé faincte Cathe-
rine de Sene de l'ordre des freres prefcheurs : auquel
toft apres fe retira cefte ieune Princeffe la premiere,
& à fon exemple plufieurs filles nobles & de grande
maifon fe rendirent religieufes. Le pis fut, que le venerable moyne, mis dedans ce monaftere pour leur donner reigle de viure, & les inftruyre en toute faincteté,
eftoit (non comme vn bon pafteur, mais comme vn
vieil Loup rauiffant) veftu de la peau d'vn vray hypocrite, pire qu'vn' diable entre le troupeau de fi douces
brebiettes, car pour fçauoir toufiours le fecret de leurs
cœurs, prefchoit fans ceffe, que pour chaffer les ten-
tations de l'ennemy n'y auoit remede plus propre
& fainct que de recourir fouuent à la faincte confeffion.
Donc cognoiffant toutes fes entreprinfes prendre bon
trait, & apres auoir conuerty toutes ces pauures religieufes felon fon vouloir, le feu (que par long temps
auoit tenu couuert, au moyen de l'excellente beauté de
cefte ieune Princeffe) commença à brufler fi violente-

ment, que voyant fon cœur eftre chafte fans pouuoir
eftre efmeu de fimples paroles, s'il n'y mefloit quelque
grande fuperftition, s'auifa d'vne dyabolique & malheureufe inuention, vne nuit trouua façon d'auoir les
heures de cefte ieune dame où eftoyent plufieurs oraifons
efcrites : & entre autres eftoit painte l'hiftoire de la
trinité, au milieu de laquelle painéture, va efcrire telz
motz en lettres d'or, comme s'ilz procedoyent de la
bouche du fainét efprit. Barbe pleine de deuotion, tu
conceuras d'vn religieux & enfanteras vn fainét perfonnage, qui (pour l'augmentation de la foy) efcrira ce
que les autres ont delaiffé, & demeureras du monde
fort eftimée. Ayant efcrit cefte fotte annonciation, fift
plufieurs petitz bultins de parchemin efcriptz d'or
& d'azur, bien proprement, pour s'en feruir à l'execution de fon damné defir, puis remift les heures fecretement où il les auoit prinfes. Cefte ieune dame (felon
fa couftume) prend fon liure pour prier Dieu & en la
contemplation des hyftoires, trouue cefte plaifante
efcripture, qui la rendit merueilleufement confufe
& efbahye : apres auoir leu & releu le contenu, ne
fceut auoir recours (pour le contentement de fon efprit)
qu'en ce maudit frere : luy difant en fon oratoire,
auec vne honte & crainte propre à fi tendre ieuneffe,
ce que mieux fçauoit qu'elle mefme. Surquoy le moyne
faifant la trongne d'vn eftonné, demeura longuement
muet, puis tout foudain va dire : Mamye, combien que
le bon Dieu foit tout puiffant, fi ne fault-il pour cefte
premiere fois croire de leger, craignant que ce maudit diable (enuieux de voftre fainéteté) ne vous vueille
tromper ou feduire : partant, ma fœur chreftienne,

ayez toufiours recours à la confeffion, vous recomman-
dant bien deuotement au Seigneur. Sur ces parolles,
s'en alla cacher vn petit nouice (faiƈt à pofte) fur l'oratoire de cefte Princeffe, où fubtilement (& à l'heure
ordonnée) laiffe tomber deuant elle trois de ces petitz
bultins l'vn apres l'autre. L'innocence de la ieune dame
tranfportée de cefte continuelle & monachale tentation
(l'eftimant fans iugement comme diuine) toute efplorée
retourne au frere pour foy confeffer, & monftrer ces
petitz rouleaux. Le venerable cagot (monftrant vifage
propre à fon meftier) commence à dire : voicy chofe
de grande confequence, & qui ne fe doit paffer fans y
bien penfer, car auffi toft pourroit eftre infpiration des
cieux que tentation d'ennemy : pour ce il me femble
que ne deuons eftre trop promptz, ne trop tardifz à
croire, mais ayons recours à la fainte oraifon, vous de
voftre part, moy de la mienne : & demain au matin ie
chanteray cy la meffe, priant le createur que fi c'eft
chofe digne de foy qu'il luy plaife nous le reueler. A ce
propos s'accorda la ieune dame, ayant plus de fiance
aux paroles du papelart, qu'en l'amour & crainte de
celuy qu'elle deuoit aymer. Le lendemain, ayant
inftruit fon nouice (comme de couftume) en chantant
la meffe ne fault delaiffer choir (tout à propos) fes
petitz bultins accouftumez. Dequoy la ieune Princeffe
eftonnée, fe fentant frapée de ie ne fçais quelle fotte
gloire (pour l'eftimation de fa valeur & fainƈteté) commença à croire vne partie de la farce : ce que le moyne
apperceuant demeura feul auec la Dame luy difcourant
telz propos : Ma fille ie voy clairement que c'eft le
vouloir de Dieu qu'en fi precieux vaiffeaux foit fait l'in-

carnation du fainct perfonnage : & fi plus en doutons,
ie crains grandement que le iugement du Seigneur ne
nous confonde : toutesfois, pour plus grande approba-
tion, regardons s'il en met rien en la fainƈte efcriture.
Adonc regarde en fon meffel, au paffage de l'Euangile
de faint Iean, où il dit que Iefus a fait beaucoup
d'autres chofes qui ne font efcrites en ce liure, expo-
fant malicieufement à cefte innocente que ceftoit l'enfant qui prouiendroit de fa femence, lequel deuoit
mettre en lumiere fes faintes hiftoires oubliées. Et ne
pouuez auoir meilleur tefmoignage que les faintes
lettres, contre lefquelles, difoit-il, fi doutez, ie m'en
defcharge, & en metz le danger fur voftre ame. Ha a,
refpond la dame, beau pere vous fçauez que ie n'ay
bien ny efperance finon par vous, eftant difpofée à
faire felon voftre bon confeil : Ma fille, replique le
fratre, vous parlez fagement de vous confermer à la
volonté de Dieu : mais où fera il poffible de trouuer
homme qui execute vn fi diuin commandement, veu
que le monde eft plain de tant d'abufeurs? Mon pere,
les reuelations de mes efcritz me difent que ce doit
eftre vn Religieux, homme & iufte comme vous, pourtant ie n'en voy point de plus capable, comme celuy
duquel depend toute ma confolation fpirituelle. Ha a
ma fille (refpond le Renard, preft à prendre la poulle)
comment pourroit eftre fait cela ayant promis ma
virginité à IESVS CHRIST. Toutesfois puis que c'eft
fon bon vouloir m'ayant efleu de vous-mefmes, ie fuis
preft d'accomplir fon ordonnance : mais gardez vous
bien d'en parler, de peur d'offencer la maiefté diuine.
Helas dift elle, ie n'ay garde, fi ce n'eft par le com-

mandement de luy, ainſi donc (puis que c'eſt ſon plaiſir) ceſte nuit nous accomplirons ſa volonté. Cependant
l'enfroqué s'alla preparer de ce qui luy eſtoit neceſſaire
faire pour contenter le deſordonné appetit de ſa concupiſcence : pour laquelle executer ne fut pareſſeux de
retourner au ſoir, & apres pluſieurs remonſtrances
faiĉtes à ceſte dame, luy dit : Ie ſuis auſſi vierge que
quand ie ſortiz du ventre de ma merè : mais pour ce
que i'ay entendu par la confeſſion d'aucuns mondains,
qu'il y a en ceſte operation vne deleĉtation charnelle,
il me ſemble raiſonnable faire d'autres ceremonies
que le commun ne faiĉt point. Adoncq' alluma deux
torches, & afin de ne rien oublier qui fuſt au contentement de ſon malheureux & deſordonné appetit, fait
deſpouiller ceſte ieune Princeſſe toute nuë : la blancheur de laquelle (accompagnée de toutes perfeĉtions
de corps) euſſiez iugé eſtre vn chef d'œuure de nature.
Ce Loup voyant tant de beautez enſemble & ſi poignantes,
fut de telle ardeur aſſailly que de la vehemence, cuyda
perdre l'entendement. Ainſi deſireux de paracheuer ſon
œuure la fiſt ſeoir deuant luy, tout en chemiſe s'age-
nouillant, les mains ioinĉtes, pour cuider entremeſler
ſeintes ceremonies par longs propos : mais la rage de
ſon ſale vouloir le preſſa de ſi pres qu'en l'embraſſant
prend vn baiſer ſi eſtroit & long ſur le liĉt de ſon oratoire, & auec tel contentement qu'vn grand Prince s'en
fuſt bien contenté. Ceſte innocente (qui n'auoit accouſtumé que ſentir les fruiĉtz & perfeĉtions de l'eſprit)
ſentant le naturel labeur du corps, y trouua ſi grand
plaiſir qu'elle laiſſa trauailler le venerable Doĉteur l'eſ-
pace de quatre mois, tant que l'incarnation par l'enflure

du ventre s'apparut, qui efpouuenta fort ce pauure
frere : lequel en crainte de fa vie, pour auoir occafion d'vne fuite couuerte, dift à cefte ieune Princeffe :
vous voyez mamye que (par le plaifir de Dieu) le
fainct enfant eft conceu : & pour ce que ce n'eft pas
raifon qu'il vienne au monde comme les autres hommes
pecheurs, par l'infpiration du Seigneur me fault aller à
Rome vers le Pape, pour luy denoncer le miracle, afin
qu'il enuoye deux Cardinaulx pour canonifer vn fi
grand perfonnage, à fon aduenement, car la difference
qui fera entre ceftuy & fainct Iean Baptifte, fera que
l'vn fut fanctifié au ventre de fa mere par volonté de
Dieu, l'autre doit eftre par les Cardinaulx du Pape à
fa natiuité. Encores que cefte Dame euft vn regret de
la cognoiffance de partie de fa folie (pour y auoir fenty
plus de la chair que de l'Efprit) toutesfois obeiffoit à
toutes les fottes volontez du moyne, qui voyant fon
incarnation croiftre par chafcun iour, trouffe fon
paquet, fans oublier la meilleure partie des bagues de
cefte Princeffe qu'il emporta, & fecretement fe retira
en Italie : ainfi la pauure defolée religieufe (demourée
enceinte) voyant que fon faict fe decouuroit (fans
aucun remede d'eftre celé) & qu'elle n'oyoit aucunes
nouuelles de fon trompeur, douta feulement ce qui
eftoit veritable, & pour tout refuge compta à fa mere
le difcours de fa fortune, laquelle preffée d'vne vehemente colere ne fe peuft garder de faire entendre
l'eftrange hyftoire au Duc fon mary, puis aux parens,
lefquelz comme gens de grand cœur, honteux & def-
pitz d'vn acte fi mefchant, fçeurent fort bien par
reproches & paroles, accompagnez d'vne infinité de

menaces, faire cognoiſtre à ceſte ieune Princeſſe par
verité ſa ſuperſtitieuſe ſotiſe, dont eſtoit procedé le
malheureux ſcandale, puis auenu l'enfantement, la
marierent à vn ſimple Gentilhomme de fort bas lieu,
qui ne ſçauoit rien de la piteuſe auenture. Le Duc
ſon pere (auec ſi iuſte douleur) ne ſe pouuant apaiſer,
faiſoit chercher par tous moyens ceſt enchanteur :
mais voyant qu'il eſtoit impoſſible, oubliant toute
raiſon, violentement fiſt mettre à mort tous les moynes
qu'on peuſt trouuer en ſon pays : & le monaſtere de
ces nonnains, par luy fondé, fut deſtruyt & razé iuſques
aux fondemens, ſans y laiſſer aucune apparence de
maiſon.

MES DAMES, il ſe fault donner garde de telz
enchanteurs, leſquels feignent vouloir garder voz ames,
& au contraire les mettent en voye de perdition. Auſſi
cognoiſtre que telz veuz faitz en ſi grande ieuneſſe
ainſi legerement qu'ilz ſont faiétz pluſtoſt vient le
repentir. Parquoy croyez que ceux qui ſont faiétz à la
ſuaſion de telz hommes, ſans la conduite & cognoiſſance
de Dieu qui les accompliſt, l'iſſue en eſt touſiours
dangereuſe.

COMPTE XXXVI.

Pour ce qu il y a des femmes qui n'ont point de Dieu, ou s'ilz en croyent vn, l'eſtiment ſi loing d'eux qu'il ne peut cognoiſtre leurs mauuaiſes œuures. Et en ceſte folle fantaſie (ſoubz couleur de ſe penſer fines & ſecrettes en toutes entreprinſes) laſchent la bride aux plaiſirs qui eſpoignent la chair. Comme verrez par le diſcours d'vne Dame, laquelle cuydant couurir ſa faute du manteau d'honneur, par prudence humaine ne s'eſt peu garentir qu'elle n'ait eſté, ainſi que la vérité permet, cogneue à ſa grand honte & perpetuelle confuſion.

N vne des villes de ce Royaume, enuiron le mois de May, quelque troupe de Dames allans hors de la ville faire vn voyage, de deuotion, ainſi qu'elles paſſoyent chemin rencontrerent vne compagnie de ieunes gentilſhommes qui s'eſbatoyent en vn pré, les vns à ſauter, les autres à ietter la pierre, prenans tout leur plaiſir aux exercices honneſtes que tel aage peut inuenter. Entre le troupeau vn pour le plus apparent & de meilleure grace, au gré de l'vne de ces ieunes Dames qui eſtoit veuſue, fut choiſi & remarqué d'elle d'œil & de penſée pour amy, tellement qu'eſtant retournée en ſa maiſon, commença à diſcourir les moyens de paruenir au contentement de ſi ſoudaine & nouuelle amytié craignant toutesfois la condition legere de ſi ieunes ſeruiteurs, qui (le plus ſouuent) font gloire de publier ceſte fauorable pitié qu'on reçoit par le ſecours des Dames,

II.

3

voyant auſſi d'un coſté honte & crainte combattre pour
la raiſon, d'autre ſon cœur paſſionné d'vn feu qui le
conſomme, ne ſachant eau plus propre pour l'amortir,
qu'en la ſource d'où il eſtoit procedé, apres pluſieurs
diſcours & effortz de mettre en oubly affection tant
poignante : la fin ne pouuant commander à l'amour
qui la preſſoit de ſi pres, ſe deſcouurit à vn ſien parent
fidele qu'elle nourriſſoit par pauureté comme ſon ſeruiteur en ſa maiſon, & auquel elle deſcouurit entierement l'intention de ſon vouloir. Ce parent qui de ſa
vie ſe ſentoit obligé enuers la Dame, fut preſt d'executer ſon commandement : ainſi ayant pris l'habit d'vn
varlet alla eſpier le ieune Gentilhomme ſeul, auquel
d'une grace fort aſſeurée commença à dire : Monſieur,
il ne tiendra qu'à vous que n'ayez contentement
& plaiſir de l'vne des plus braues & belles dames de
l'Europe. Et afin d'euiter le reproche d'vn menteur,
s'il vous plaiſt vous trouuer ce ſoir à deux heures de
nuict pres la grande Egliſe de ceſte ville : ſoyez aſſeuré
que ie vous feray faire vn tour tel qu'aurez occaſion
de vous eſtimer heureux, iouïſſant d'vn bien que ſans
y penſer vous eſt preparé. Le Gentilhomme aymé
& non aymant, demoura de ce propos tout eſtonné :
mais eſtant le propre à telle ieuneſſe de croire aſſez
legerement, de ſouhaiter & entreprendre meſmes
l'impoſſible, d'autant plus facilement fut gaigné par
infinies aſſeurances & gracieuſes promeſſes, ayant
ferme deliberation d'eſprouuer l'aduenture : fuyant
doncques les propos de l'aſſignation promiſe par le
meſſager, ne faillit à ſe trouuer la nuict deuant l'Egliſe
qui luy auoit eſté nommée. Le parent de ceſte Dame

(qui attendoit fa venuë) commence à remonftrer que
l'entreprinfe, à laquelle il le conduyfoit, eftoit bien
fouffifant pour contenter vn bien grand Prince : mais
Amour qui auoit efté plus puiffant & fort que les vertuz, grandeurs, & richeffes de la Dame, auoit rengé
fon cœur à telle raifon qu'en fe monftrant fage felon
l'occafion , fortune lui promettoit la iouïffance d'vne
des plus parfaictes & accomplies Dames de la ville
laquelle eftoit fi fort paffionnée de fon Amour, que fa
principalle affection eftoit de le faire maiftre de fes
biens & de fon corps, mais pour crainte d'vne fi
grande ieuneffe accompagnée fouuent de legereté, pour
experimenter auffi le fecret de fon cœur & de fa prudence, vouloit qu'il vint parler à elle le vifage couuert
& caché, en forte qu'on ne ·peut cognoiftre elle ne fa
maifon. Et afin d'ofter toute deffiance, difoit le meffager, fi me faictes ce bien de vous fier en moy : ie vous
iure fur le peril & damnation de mon ame que vous
conduiray auecq' la plus gente & deliberée femme qui
foit en France, fans que pour la iouyffance d'vn tel
heur puiffiez receuoir aucun mal ne danger, n'ayant
moyen ny vouloir d'aller au contraire de ma promeffe,
& de celle à qui ie fuis tant tenu d'obeyr : donc regardez fi voulez à cefte condition receuoir le bien qui
s'offre prefentement, ou finon donnez moy congé. Ce
ieune Gentilhomme, douteux à merueilles, trouuoit
fort eftrange telle charge d'ainfi chercher fes amours à
taftons : toutesfois ayant opinion d'eftre de tous fauo-
rizé & de nulz hay, preffé d'vne chaleur accouftumée
en ceft aage (apres plufieurs difputes puis du refus,
puis du confentement) finalement fut vaincu, & accorda

d'accomplir le commendement de la dame, quoy qu'il
en peuſt aduenir. Le meſſage adonc (garny de l'equippage propre à l'entreprinſe) maſque de telle ſorte ce
Gentilhomme qu'il ne voyoit non plus qu'au ventre de
ſa mere, & apres luy auoir faiɛt faire deux ou trois
tours, comme bien inſtruiɛt ſeruiteur, le mene de rue
en rue par lieux deſtournez en vn logis, auquel le faiſant monter, deſcendre & trauerſer par des galleries,
le conduit dedans vne chambre, où il l'enferme le
laiſſant ſeul ſans pouuoir cognoiſtre le lieu ne l'endroit
de la maiſon, ſinon qu'au taſter de ſes mains ſentit que
la chambre eſtoit tapiſſée & accouſtrée de parement,
& en vn coing d'icelle vn liɛt perfumé de toutes bonnes
& ſingulieres ſenteurs, de ſorte qu'on n'auoit rien oublié
de ce qui pouuoit donner· certitude de la richeſſe ou
grandeur de la Dame, laquelle (comme monſieur eſtoit
attandant & eſtonné) arriue fermant l'huys ſur elle
veſtuë d'vn manteau fourré, par le deſſouz toute nuë
& preſte à ſe coucher, vient ſaiſir ce ieune gentilhomme, puis le commençant à careſſer & baiſer auec
vne rauiſſante douceur, luy diſt : Mon amy, vous
ſoyez le bien venu, comme celuy duquel i'eſpere la
parfaiɛte conſolation, auec l'entier repos de mon
eſprit. Mais ſur tout ie vous ſupplie, au nom de ceſte
inuiolable amytié (que i'eſpere accomplyr par la
iouyſſance de nous deux) n'auoir doute ou ſoucy de
cognoiſtre d'où vient ce plaiſir, vous aſſeurant qu'en
meilleur endroit ne pouuez eſtre receu, que de la part
de celle qui ne deſire viure qu'afin de vous ſeruir
& complaire, d'auantage ſoyez bien ſceur que ceſte
façon nouuelle & premiere de noſtre accointance, com-

bien qu'elle vous femble du commencement fort
eftrange, toutesfois ie vous prometz à l'aduenir ayant
cogneu la priuauté, affeurance & fecret de voftre
cœur eftre felon le mien par l'vnion d'vn tel Amour,
vous rendre non feulement cognoiffance de moy, mais
auffi entierement Seigneur de tout ce qui eft en ma
puiffance. Ces paroles prononcées auec mille foufpirs,
fe meflerent vne infinité d'eftroictz baifers, qui tellement cauferent de fi vifues approches que le Gentilhomme bruflant & rauy (fans plus longue harengue)
trouua moyen de gaigner d'vne gracieufe refiftence,
le lict tant bien perfumé dedans lequel, fort empefchez, n'eurent faulte que de repos, auffi que la dame
fine & affectée fongeant au iour prochain, ayant eu
contentement d'vne partie de fes priuez plaifirs, trouue
façon de fe leuer & prend vne belle bourfe (en laquelle
eftoient trois cens efcuz) qu'elle prefente à fon ieune
feruiteur. Et auec le petit baifer de faueur luy dit :
Monfieur, le prefent que ie vous ay laiffé eft grand,
mais fçachant certainement que gens de voftre aage
ne font fouuent garniz d'argent, voyla qui pourra feruir à vne partie de voz affaires : vous affermant pour
tout iamais eftre totalement en voftre obeïffance.
Toutesfois d'autant que ie doubte qu'au moyen de la
faueur que vous ay faicte, eftant en compagnie de
dames (où peut eftre ie feray) faifant les regardz
accouftumez fur toutes ferez iugement differens & incer-
tains de ce que ie fçauray : Ie vous prie faites moy ce
bien d'eftre fage, & retenir cefte langue legere & voluntaire, à fin que l'ocafion de mieux vous aymer croiffe
en moy de iour en iour, auecques la cognoiffance de

ma perfonne que tant defirez. Et par cy apres quand
de moy aurez nouuelles, ie feray mettre vne pierre de
la groffeur du poing au pied du pillier hors la porte
de la grand'églife au cofté droit fur le point du iour,
& la nuit enfuyuant ne faudrez d'y venir, car à l'heure
trouuerez l'homme preft pour vous conduire auffi
feurement que la premiere foys, or donc à Dieu foyez
mon amy. Ainfi departie la Dame de la chambre entre
le meffager, qui ayant habillé & remafqué le Gentilhomme, le reconduit de la façon qu'il auoit efté amené :
mais comme celuy qui eftoit quafi tranfporté de l'aife
d'vn tel plaifir & de l'argent receu, difcouroit en luy
mefme qui pouuoit eftre la Dame d'vne fi franche
& liberalle volunté. Puis eftimant ce contentement
n'eftre que demy fi autre que luy ne le fçauoit, fait
foudain ce difcours à vn fien priué compagnon, ayant
la parolle à commandement : & comme perfonnage qui
fçauoit fort dextrement enrichir vn conte, fe trouuant
en la chambre d'vn Prince (qui pour lors eftoit en la
ville) fuyuant le naturel du courtifan raconte publiquement l'hiftoire, faignant eftre auenuë en Italie : tellement que (comme chofe nouuelle raportée de la court)
fut foudain le tour diuulgué, venant mefmes iufques
aux aureilles de cefte Dame : laquelle entendant fort
bien l'indifcretion d'vn feruiteur fi volage, craignant
plus grand fcandale, conclud (non fans vn merueilleux
regret) de rompre la continuation de l'amour encom-
mencé. Le ieune Gentilhomme, au contraire, attendant
toufiours l'enfeigne de la pierre, & fe voyant deceu par
beaucoup de iournées, cogneut facilement fa langue
auoir efté l'ocafion de fon congé. Ainfi demeurerent

ces deux amans bannys l'vn de l'autre, & cherchans
ailleurs leurs moytiez plus affeurées & fecrettes.

COGNOISSES, mes Dames, la fottife de cefte ieune
Dame, qui ayant preferé la gloire du monde à celle de
fa confcience, a perdu l'vne & l'autre : & cuydant fuïr
le fcandalle d'vn eft tombé en la mocquerie de tous.
Parquoy doit eftre blafmée d'auoir fi longuement couuert fa malice fouz le manteau de vertu ne meritant le
ranc des femmes de bien, qui ne font tant mal confeil-
lées que de mettre la garde de leur honneur à la conduite d'autruy, pour en receuoir vne fin fi honteufe.

COMPTE XXXVII.

Plus lon parle d'Amour, plus croiſt nouueau moyen d'en parler pour ſes differentz effectz, & puiſſance, qui eſt ſans iugement, ou aucun ordre, aux vns donnant plaiſir, aux autres tout le contraire. Toutesfoys, pour monſtrer que luy qui engendre beaucoup de folies pour la iouyſſance & bien petit plaiſir du corps, eſt quelquefoys occaſion que tout ainſi qu'vn vice ſe deſcouure par ſon contraire, auſſi par fol amour ſe monſtre & engendre quelquefoys vne loyalle & parfaite amytié.

v temps du roy Loys vnzieſme (comme celuy qu ſçauoit acheter & choiſir les hommes pour le ſeruice de ſon Royaume) eſtoit vn capitaine entre les ſiens adroit & vaillant aux armes, pour meriter d'eſtre eſtimé du nombre des plus hardiz. Ce Gentilhomme au retour du camp ſeiournoit en vne des villes de ce royaume : en laquelle (ceſſans les armes du corps) ſe forma vne nouuelle guerre en ſon eſprit, au moyen de la beauté & grace acomplie d'vne Dame, femme de l'vn de ſes plus grandz amys, compagnon en toutes ſes vaillances & entrepriſes faites contre les ennemys. Toutesfoys ce petit Cupido, colonel des amoureux, pratiqua tellement ce capitaine que delaiſſant ceſte vertueuſe amytié, delibera de ſuyure ſon enſeigne iuſques au mourir. Et ſur ce miſt ſur les rancs maintes iouſtes, tournois & autres exercices de guerre pour gaigner l'amytié de ceſte

Dame : laquelle (comme celle qui aymoit l'honneur
& fon mary) ne lui monſtroit ſigne duquel il peuſt eſperer recompenſe ny contentement aucun de fon affeſtion :
ce qui rendit le pauure capitaine ſi viuement paſſionné,
qu'il auoit perdu la cognoiſſance des armes, & de luy
meſme. Vn iour que ceſte dame alloit à la chaſſe auec
fon mary, & pluſieurs autres ſeigneurs & Dames pour
prendre le plaiſir de la vollerie, comme ilz eſtoient en
vne plaine firent partir grande compagnie de perdrix
pourſuiuie par vn autour, lequel vola tant à propos
qu'elles ne fe peurent toutes ſauuer à la remiſe fans
qu'il n'en print vne du premier vol : dequoy la compagnie receut ſi grand plaiſir qu'vn chacun fe miſt en
propos de ceſte rencontre. Entre les autres, le mary
de la Dame commence à dire luy ſembloir voir ce
capitaine (fon plus ſingulier amy) en vne courſe ou
bataille au mylieu des ennemys : parce qu'au ioindre
de telles rencontres il confondoit & renuerſoit les plus
hardiz à l'exemple de l'autour. Et continüant ces propos, entra en vne louange merueilleuſe des faits excel-
lents du capitaine, tellement que tous les aſſiſtans
demeuroient rauiz au recit des vertueuſes & furieuſes
entrepriſes par luy executées. La femme de ce Gentilhomme, au cueur de laquelle Amour n'auoit iamais peu
trouuer place, fut tellement vaincuë qu'au lieu d'vn
reffuz rigoureux, euſt voluntiers fait l'office de prier
celuy que tant de fois auoit reffuſé. Et en ces alteres
commença à deſcouurir par ſignes aſſez apparentz de combien luy eſtoit plaiſant le repentir de la longue attente,
ce qui fut facile à cognoiſtre au pauure paſſionné.
Lequel voyant le chemin ouuert de fa gueriſon, trouua

moyen (apres plufieurs propos) d'auoir terme affeuré
du bien qu'il pretendoit, qui fut vne nuit certaine, en
laquelle (pour l'abfence du mary) le capitaine bien
auerty ne faillit à foy trouuer au dedans du iardin de
la Dame pour cueillir le defiré fruit de fon efperance :
ou fans attendre longuement, elle fecretement yffue de
fa chambre fe vint rendre entre les bras de celuy
auquel prefenta la faueur de l'amoureufe pitié par les
aproches qu'on fait d'vne infinité de baifers & careffes.
Le capitaine trouuant ce commencement fans vn danger foupçonneux, luy dift : Ma Dame, encores que par
le paffé (pour le peu de bien qu'ay receu de mes
pourfuittes) ie me fuis cent foys veu iufques au mourir, receuant maintenant de vous tant de gracieux trai-
temens, la recompenfe m'eft plus que fatisfaite. La
Dame (de fon cofté) qui ne fe contentoit des aproches,
confentant la prinfe du plus fecret de fon honneur,
fift refponce : Monfieur, c'eft la moindre chofe qu'on
defire faire pour l'amy. Ie vous fuplie donc ma Dame,
replique le Capitaine, me faire cefte faueur de declarer
l'ocafion de la longue rigeur qu'auez vfé enuers la
creature qui tant eftoit affectionnée à vous feruir,
& qu'auiourd'huy (que l'efperance de viure m'eftoit du
tout oftée) ie me voys reuiure en vous par la iouyffance
d'vn tel bien. Mon amy, refpond elle, le mauuais vifage
que cy deuant vous ay monftré, la crainte de ce qui
doit rendre les femmes honteufes, & l'amour du mariage contraires du tout à la fatisfaction de noftre
amytié en eftoient caufe : mais la continuation de
voftre longue amour a tout vaincu, deliberant d'obeyr
à voftre vouloir, contre lequel ie me fens trop foible

pour refifter, en contemplation auffi du grand amour
que mon mary vous porte. Lequel eftant ces iours
paffés en compagnie de Dames & Seigneurs par les
champs fit recit des grandz & haultz faits d'armes par
vous entreprins & mis à fin, vous comparant à l'autour :
qui en noftre prefence rencontrant vne compagnie de
perdrix les rendit efparfes de tous coftez, affeurant à
voftre auantage que le femblable faifiez à la rencontre
du dur effort des ennemys. Ainfi eftant de tous eftimé,
fors de moy, ignorant le bien que meritez, cefte rigueur
(dont fuis la feule ocafion) fe changea en vn foudain
& affectionné defir de vous complaire & obeïr toute ma
vie. Ce capitaine, qui outre l'adreffe & force du corps,
auoit le cueur noble affis en vn bon lieu, oyant les propos de cefte Dame qui auoient efté recités par fon
mary fi fort à fon honneur, au moyen de la loyalle
& reciproque amytié qu'il luy portoit, fut efmeu d'vne
foudaine repentance : confiderant en fon efprit s'il faifoit
acte de vilain (contraire à la fidelité requife entre deux
compagnons) ce feroit diminuer le credit d'homme
d'honneur & fa reputation, plus fe rendre ennemy de
toute vertu : mais au contraire, s'il pouuoit vaincre
le defir charnel d'vn fi petit plaifir, pour fuyure le chemin de loyauté & de l'amour perfait, d'autant en feroit
la recompenfe plus grande & de longue durée. Confiderant en foy-mefmes que la grande nobleffe de fon
courage l'auertiffoit n'eftre fi lafche & de fi petit effet
qu'ayant vaincu tant d'ennemys, il ne peut vaincre la
concupifcence feule d'vne delicate & tendre femmelette,
Apres plufieurs difcours, accompagnez de merueilleux
regretz, regardant d'vn œil de pitié fa Dame luy re-

monftre telz propos : Encores que la chofe du monde
que plus ie fouhaite foit l'amour de vous, & iouyffance
d'vne tant rare & acomplie beauté, toutesfoys la longue
& trop manifefte amytié de voftre mary enuers moy
ne me permet executer vne fi malheureufe & fecrette
iniure, contre l'opinion de celuy qui tant m'eftime, ne
voulant eftre autre en l'interieur de mon cueur, que
par fes louanges ie fuis prifé des plus grandz. Mais
tant que l'efprit viura (delaiffant le defir imparfait du
corps) fuis deliberé de vous aymer comme ma propre
fœur, auec telle & fi parfaite affeƈtion que le reffuz
de cefte chair corrompuë ne diminuera aucunement
noftre amour, ainfi la fera croiftre en plus hault
& excellent degré d'amytié qu'au parauant : fupliant
voftre douceur (pour la rendre du tout inuiolable)
d'abandonner le vice du corps, pour fuyure l'entiere
perfeƈtion de l'efprit, fans nullement vouloir aymer
autre que celuy qui tant le merite, & que (felon Dieu)
pouuez librement & iuftement aymer. Sur la fin de
ces propos, prenant un gratieux congé, delaiffa la
dame fort eftonnée : par la vertu de telles paroles,
n'ayant fceu refpondre vn feul mot : ains demeura en
ceft eftat fi fafchée que de regret, defpit, & defplaifir
enfemble fe moyenna par longue maladie la mort : à
l'extremité de laquelle ayant requis au Seigneur Dieu
pardon, compta à fon mary partie de l'ocafion, auec
la vertueufe & finguliere amytié du capitaine, qui
augmenta tellement entr'eulx qu'à grand peine s'en
trouuera pour le iourd'huy de femblables.

QVELQVES vns (mes Dames) pourront murmurer
de la perfeƈtion du Capitaine, eftant trop vitieux

& obeïſſans à leur propre chair. Mais ie m'aſſeure que les perſonnes qui aymeront la vertu de l'eſprit plus que le vice du corps, diront ceux eſtre dignes de grande louange, qui forcent leur naturel apetit pour obeyr à l'amytié honneſte & non charnelle. Car il fault aymer pour la vertu des bonnes conditions, non pas pour la iouyſſance petite de ceſte chair, repréſentant ſeulement l'vmbre & figure d'amour honneſte, duquel on reçoit perpetuelle conſolation, demeurans deux eſprits con-ioinctz en vn conſentement & perfaite volonté.

COMPTE XXXVIII.

Le mariage doit être eſtimé ſur toutes choſes honorable & de grand prix, quand il eſt fait entre perſonnes eſgalles d'eſprit & de vouloir, pour ce que de là provient vn contentement ſi grand qu'il n'y a rien en ce monde pareil. Mais quand auarice marche deuant l'amitié raiſonnable, & que la bonne volonté de l'vn enuers l'autre diſcorde, c'eſt confondre ſa perfection pour engendrer vne infinité de vices & malheureux dangers.

RES la lymaille d'Auuergne demeuroit vne femme veufue d'vn riche laboureur, laquelle pour la frequentation continuelle de la maiſon d'vn Gentilhomme du païs mal ayſé & pauure, auoit contracté telle amytié & familiarité enuers ſa femme, que tous les plaiſirs qu'il luy eſtoit poſſible de faire n'eſtoient eſpargnez iuſques à preſter ſon argent de telle liberalité, que le Gentilhomme ſouffreteux deſeſperoit de iamais le pouuoir rendre : dont entroit en vne telle melancolie, que ſa damoyſelle (ſelon ſa nature aſſez fine) marrie touteffoys de cognoiſtre telle neceſſité, luy diſt vn iour : Mon amy, il me ſemble que ceſte bonne femme a tant faict pour nous qu'vne fois s'il la conuient payer, & ſommes mis en iuſtice, i'aperçois noſtre ruine aſſeurée. Mais (ſoubz voſtre correction) i'ay auiſé vn moyen pour ſortir de ce bourbier : Elle a vn filz vnique heritier de

toutes fes terres & richeffes, qu'auez peu voir ceans :
ce lourdaut fe fentant fort de la faueur qu'on porte
à fa mere : s'eft accointé tellement de noftre fille, que
plufieurs fois (comme i'ay entendu des chambrieres)
la fouhaite pour femme, encores que ce ne foit fa
forte. Toutesfoys eftans defpourueuz de deniers pour
la marier à perfonnage de qualité, felon mon iugement
faudrions bien à mieux faire, le Gentilhomme (qui ne
demandoit que le repos), fit refponce pour efchaper
d'vn tel paffage ce confeil eftre tref-bon. La damoyfelle, entendant le vouloir de fon mary, fceut tellement
conduire fon entreprinfe, que le ieune pitaut de luy
mefmes fift la requefte affez lourde & nyaife : toutesfoys pour l'enuie qu'on auoit de l'execution ne fut tant
regardé à la harangue qu'à fes richeffes : ainfi fut conclud par les deux meres, le mariage du vertugoy de
village à la ieune damoyfelle. La mere, voyant fon filz
mal adroit & d'vne lourde pafte euft peur que la fille
(affez bien inftruicte) n'en fift grand compte : de forte
qu'elle s'efforçoit l'inftruire en la grace & contenance
amoureufe : mais le vilain plus propre à manier char-
rue qu'à traiter de l'amour, la premiere fois qu'il alla
vifiter fon accordée, luy commence à compter de quel
poil eftoyent fes bœufs, fes vaches, & la quantité de fes
oyes, la ieune Dame (qui euft efté contente d'ouyr
autre propos, ayant fon cœur affis en autre lieu)
contrainte par le commandement de fa mere luy fait
prefent d'vne paire de gandz parfumez pour les porter
en fa faueur. Ce galland, qui n'auoit accouftumé de
fentir que le parfum des porceaux, porta fes gandz fi
long temps en fes mains, qu'au vent & à la pluye, à

vuider le fumier des eftables n'eftoient efpargnez :
dequoy fa mere le reprint aygrement, luy remonftrant
que vn tel prefent ne fe deuoit ainfi gafter : mais le
garder curieufement en fouuenance de fa dame. Vne
autre fois, conuié à difner par le Gentilhomme, cuydant
changer fa rufticité par luy monftrer les exercices
honneftes de nobleffe, le meine à la chaffe, luy faifant
prefent d'vn tiercelet d'Autour. Mais la chaffe finie,
apres auoir prins congé de fon beaupere : ainfi qu'il
cheuauchoit, fon tiercelet defcouure fort pres du chemin vne compagnie de perdrix, & comme celuy qui
vouloit faire deuoir d'en voller vne, commence à fe
debatre. Le ruftique (mal apprins Fauconnier) prend en
colere fon oyfeau, l'enueloppe, & le vous trouffe
comme vn paquet dedans la manche de fon manteau :
de forte, qu'ayant perdu l'air, & tout moyen de refpi-
rer, foudain s'eftouffe. La mere, enuieufe de fçauoir
des nouuelles de fa fiancée, demande comme elle fe
portoit. Le mignon (tout en riant) luy fait refponce fort
bien, & que c'eftoit vne damoyfelle qu'il aymoit autant
& plus que la meilleure de fes vaches : puis voulant
monftrer fon beau prefent, tire le pauure tiercelet tout
efcaché. La mere cogneut incontinent que tant plus
alloit auant, plus croiffoit fa fottife. Donc pour euiter
la rompure du mariage (au moyen de fi eftranges conditions) luy fift garder la maifon. Cependant pour
fçauoir le iour & heure des efpoufailles alla voir le
Gentilhomme. Noftre amoureux, qui aymoit autant le
bon vin que fa dame, demoure feul, defcend à la caue,
& fans bouger du tonneau fe remplit fi bien le ventre du
plus friant, qu'en beuuant oublia de fermer la fontaine,

de forte que tout le vin fut refpandu par terre : Or
pour couurir fa faute, s'auifa d'vne grand rufe, va à la
huche, prend toute la farine qui eſtoit dedans & la
feme deſſus pour imbiber le vin. Sur ce fait oyt ʼcrier
l'vne de fes oyes de laquelle craignant eſtre accufé en
foudaine collere court apres, luy coupe la teſte, iette le
corps en vn retraiɛt, & met le col en fa brayette. La
mere qui reuenoit du logis de fa fiancée rencontre fon
filz, qui eſtoit encore tout efmeu du meurdre qu'il penfoit auoir fait : elle cognoiſſant par l'apparence du col
de l'oye, paſſant d'vn des coſtez de fes brayes les
adreſſes de fa nourriture : commence à tencer, & luy
dire qu'il failloit auoir vn petit meilleure contenance,
& changer ceſte grace à la venue de fa fiancée qui
venoit difner au logis : ou pour le moins en ſigne
d'amour, luy ietter quelque œillade de faueur. Cẽ plaifant robin (ignorant l'œil eſtre le meſſager des cœurs
paſſionnez) s'en va par toutes les bergeries, fans efpar-
gner brebis ne moutons leur arrache à tous les yeux :
Ainſi efpiant l'heure que fa dame venoit, à l'entrée de
la porte (comme s'il viſoit au blanc), luy iette au vifage
ces yeux les vns apres les autres : Toutesfoys
nonobſtant fon imprudente lourderie , eſtant plus
propre à manier vne marotte qu'à faire l'amour, par
fes biens & richeſſes , le mariage de luy & la ieune
damoiſelle ne laiſſa pour tout cela d'eſtre parfaiɛt
& accomply, le pis fut qu'à la premiere nuyt de fes
nopces, on le cogneut cent fois au liɛt plus badin que
de iour ne fe monſtroit mal adroit. Ce qui fafcha tant
& ſi longuement l'efpoufée, pour le peu d'amytié
& d'enuie qu'elle auoit eu à l'efpoufer, que fe voyant

en vne ieuneſſe digne d'eſtre aymée d'vn plus clerc,
voyant qu'vn tel fot de mary, comme celle qui meritoit bien le nom d'amye, entra en l'opinion du changement : eſtimant ſa fortune plus qu'heureuſe, ſi ayant
l'occaſion auec le moyen de ſuppléer au contentement
du plaiſir (qu'amoureux on appelle) il ſe preſentoit
homme qui à tel heur vouſiſt pretendre. Tant continua
en ſes paſſionnez ſouhaits, qu'vn Gentilhomme ieune,
beau, & de fort bonne grace (voiſin de ſon mary)
cognoiſſant vn couple different en toutes choſes, commença à vouloir frequenter la damoyſelle. De laquelle
ſe voyant de prime face ſi bien receu, s'efforça luy
remonſtrer le peu d'ayſe & contentement qu'elle auoit
d'vne tant faſcheuſe moytié, veu les perfeċtions & vertuz qui l'accompagnoient : la moindre deſquelles eſtoit
ſuffiſante pour gaigner le cœur & ſeruice du plus
accomply Gentilhomme de France : mais ayant vn
meſme vouloir que luy, n'eſtoit beſoing de plus grand
effort. Et n'euſt eſté vne foyble honte (qui retenoit
quelque peu ſon honneur) euſt fait l'office de prier.
Ainſi ces deux amantz conioints d'vne ſemblable
volonté, firent tel deuoir de donner allegement à leurs
appetitz affamez (par l'execution d'vne continuelle
iouyſſance) que le mary changea ſa peau de ſottiſe à
celle d'vn mal plaiſant ialoux. De fait, comme vn
homme tranſporté de ſens, maintenant en vn lieu,
maintenant en l'autre, alloit au guet de tous les pas
que ſa femme faiſoit : & tant chercha qu'il ſe trouua
parfaitement coqu : mais voyant le Gentilhomme d'vne
graſſe aſſeurée s'excuſer, n'oſa faire le braue de peur
d'eſtre batu : Seulement (en vne voix douce) dit à

fa femme : Comment mamye, vous deuſſiez mourir de honte, voyez le deshonneur que faites à noſtre maiſon. Si vn eſtranger vous euſt trouué en tel affaire, conſiderez le ſcandalle qu'euſſiez receu : bien vous prend que c'eſt moy, pour ceſte fois il n'y a rien de gaſté : mais hola, ſoyez plus ſage à l'auenir. Les deux amantz, aſſeurez qu'il ne gueriroit iamais du nyaiz, ne firent conſcience de retourner ſouuent au plaiſir deſrobé. Dont le ruſtique en fin deſpit d'vn ieu faſcheux & ſi continuel : fit ſa plainte à ſon beau-pere que pour le mauuais gouuernement de ſa femme ſeroit contraint de la rendre. Le Gentilhomme congnoiſſant le cerueau de ſon gendre; le conſola au mieux qu'il peut, luy remonſtrant ce mal eſtre commun, & des apennages du mariage : le priant au reſte la laiſſer faire pour quelque temps à ſa volonté, & qu'à la longue ſe changeroit, comme ſa mere du naturel de laquelle tenant beaucoup, ne ſe pouuoit ſi toſt reduire : car, diſoit-il, au commencement que ie fuz marié, ma femme (en la fleur de ſa ieuneſſe) eſtoit ſubiette à ſemblable maladie : mais maintenant ſur ſa vieilleſſe eſt des plus chaſtes femmes de tout le païs. l'eſpere bien que ma fille (voſtre eſpouſe) ne fera point pis ne mieux que ſa mere. Le pauure ienin ayant entendu les gracieuſes remonſtrances de ſon beau-pere , eſtimant choſe neceſſaire d'eſtre coqu, s'en retourna le plus content & ſatisfaict du monde, ſans plus ſe ſoucier des tours du Gentilhomme & de ſa femme : leſquelz (en pleine liberté) au contentement de leurs amours continuerent longuement le doux trauail enſemble.

A LA vérité, mes dames , ceſte ſotte & indiſcrete

femme ne fe peult excufer, combien qu'elle eut efpoufé vn fot & vn fafcheux : parce que liberté qu'on prend de mal faire ne couure en rien les lourdes faultes qui font irreparables. Mefmes touchans l'honneur de fi pres, lequel perdu pour vne fois, ne fe peut iamais recouurer. Auffi eft touché l'aueuglée auarice des parens, lefquelz fans confiderer de quel prix eft le mariage, indifcretement marient leurs filles le plus fouuent aux biens, & non aux hommes : dont en la fin s'engendre, non vne amytié reciproque de Dieu tant recommandée, & à laquelle ilz ont peu d'egard, mais vn tourment accompagné d'vne infinité de maux fans les pouuoir guarir.

COMPTE XXXIX.

Depuis qu'amour met ſon feu au dedans d'vne ieuneſſe charnelle
& fole, il a ceſte grace que touſiours en le croiſſant l'accompagne,
de quelque inuention ſotte & fine, pour paruenir au but de ſa malice
qu'il cherche voluntiers en l'eſprit malin de quelque vieille trom-
peuſe, qui ſçait ſubtilement (par vne langue fardée) confondre la
vertu des Dames, pour en elles faire reluyre vn malheureux & dam-
nable vice, ainſi que verrez par ceſte hiſtoire.

VRANT que la ville de Salerne floriſſoit en
trafique & liberté grande de marchandiſe,
y abordoit toutes ſortes de gens pour y faire
profit. Entre autres vn nommé Treſſon,
homme faiſant eſtat de vendre vin (comme
celuy qui eſperoit enrichir) arriua en la cité pour y tenir
hoſtellerie, accompagné de ſa femme, ieune & de bien
bonne grace, pour femme de baſſe condition. Ce Tref-
ſon, pour commencer ſon train print l'vne des plus
apparentes maiſons, pour loger tous eſtrangers paſſans
par la ville. Et comme celuy qui eſtoit malade du mal
qui fait tenir les femmes ſubiettes, tout aupres (en vn
lieu aſſez à l'eſcart) retiroit ſecretement ſon plus priué
meſnage. Amour voyant ceſt hoſte logé, voulut loger
la beauté de ſa femme au cœur d'vn Gentilhomme de
la ville fort ieune : lequel attaint de l'amytié de ceſte
dame (apres auoir inutilement ietté pluſieurs regardz

& fignes, qui peu luy profitoyent) delibera de s'ayder
d'vne vieille, duyte & experimentée au fait de fon entreprife, laquelle alloit par les maifons vendre fouuent
aux dames des lacetz, rubens, efpingles, & autres
petites merceries, par le moyen dequoy eftoit cogneue
de toutes. Le Gentilhomme faifant rencontre de cefte
decrepitée, la meine fecretement en fon logis, luy faifant le difcours de fon affeétion, auec grandes promeffes,
fi elle trouuoit remede en telle affliétion, de la rendre contente de fa peine felon fon bon plaifir. Mon amy (dift la
vieille) i'ay pitié de voftre douleur, car ie fçay qu'vn tel mal
coufte à porter, pour auoir paffé ce deftroit : & combien que pour telle chofe on en foit mal eftimé, touteffois charité grande de reconforter les perfonnes fur-
prifes de femblable paffion merite excufe d'autant
qu'eftans tous d'vn pere charnel, nature qui eft en
nous forte, ne peut qu'elle ne s'aquite aucune fois. Au
regard de la dame dont me parlez, elle eft nouuelle en
cefte ville, ne cognoiffant encores bien fes conditions :
car il y en a de fi fauuages qui ne veulent iamais prefter
l'oreille : partant faut que l'œil fupplée à ce que le
cœur porte caché, continuant toufiours à faire l'humble
paffionné d'amour, monftrant par fignes exterieurs le
fecret de l'interieur : cependant ie m'efforceray de faire
tout mon deuoir, fi elle m'efcoute, ie ne doute point
fuffe du plus dur marbre d'Egypte, que ie ne le rende
auffi malleable que le pur or. Sur ces propos s'en va
la vieille pourmener par la ville comme de couftume,
& tant efpia que elle trouue la femme de Treffon au
deuant du logis où elle fe retiroit. Incontinant cefte
babillarde merciere s'approche, auec vne reuerence

bien humble, demandant s'il y auoit chofe qui luy fut
aggreable en fa mercerie, la dame fit refponfe que
pour l'heure n'auoit enuie d'acheter. La vieille replique
doucement : I'ay de fi beaux latz de foye & miroirs de
criftal, qui font tant propres aux femmes femblables
à vous, que fi i'eftois auffi ieune & belle ie mettrois
peine d'auoir toufiours nouueaux accouftremens, pour
faire cognoiftre & enrichir ma beauté pendant qu'elle
eft en fa vertu. Ceft chofe fort louable de voir vne
gente dame, bien propre à fon accouftrement, que rien
ne peut eftre à l'œil plus plaifant. Et vous affeure qu'à
telles perfonnes faitz meilleur marché qu'aux autres ,
tant me plaift cefte douceur & honnefteté recommandée de tout le monde. Ha ha ma dame vous eftes bien
heureufe d'ainfi vous veoir eftimée. Mamye (refpond la
ieune hofteffe) il femble qu'ayez enuie de plaifanter.
Non, ma dame, ie ne voudrois pour mourir dire menfonge : mais dernierement me trouuant en vne compagnie de femmes de cefte ville pour vendre ma marchandife, lon mift en auant voftre beauté : l'vne difoit,
il eft certain qu'elle a beau vifage, mais la taille y
deffaut : l'autre la grace n'est point telle qu'on l'eftime.
Tellement que ie congneuz apertement ces propos, eftre
procedez d'enuye, par ce que femmes font fachées de
voir louer les beautez des autres, dont ilz n'ont tache.
En cefte troupe eftoit vn ieune Gentilhomme de grande
maifon, lequel (comme vous portant bonne volonté)
fift tout deuoir de deffendre voftre perfection, pour
confondre leur enuie. Ie n'ay foucy (dift la Dame) de
telz propos, qui ne m'apportent profit ou dommage :
toutesfois ferois fort contente de fçauoir le nom des

dames, du Gentilhomme auſſi, lequel m'a eſté ſi fauorable. La vieille reſpond, ia n'eſt beſoin que cognoiſſiez
les Dames ſi legeres au parler : mais du Gentilhomme,
le ſachant eſtre voſtre affeƈtionné ſeruiteur, ie le nom-
merois volontiers. Ainſi apres auoir nommé le perſonnage, continua telz propos : Ma Dame, c'eſt le plus
gracieux & accomply Gentilhomme qui ſoit en l'Europe : & ne puis croire veu l'amytié qu'il vous porte
que ne l'ayes cogneu. En verité (diſt la ieune hoſteſſe)
ie le puis auoir veu depuis que ſuis en ceſte ville, ayant
le port d'vn honneſte Seigneur. Si fault-il, replique
ceſte caqueteuſe ridée paſſer oultre afin de vous reueler
vn ſecret qui touche grandement voſtre bien & honneur : Mais à grand peine le ſçaurez vous de moy,
ſinon ſur promeſſes & grands ſermens de le tenir ſecret,
luy ayant ainſi promis : vous aſſeurant que c'eſt l'vn
des plus ſecretz hommes qui ſoit au monde, car
encores que ſois loyalle en toutes choſes : ſi a il ſait
grande difficulté me le dire. La ieuneſſe de ceſte
femme (comme eſt le naturel) ardente de ſçauoir,
importuna tant ceſte ruzée qu'elle luy declara l'amoureuſe paſſion du pauure Gentilhomme, le peu de repos
qu'il donnoit à ſon eſprit au moyen de ſa rare beauté
en ſon cœur viuement emprainte. Et toutesfois (conti-
nuoit la decrepitée, pour ſentir l'affeƈtion de ceſte
Dame) ma fille gardez l'honneur ſur tout tant recom-
mandé de Dieu & des hommes : auſſi (comme ie puis
entendre) ſon principal vouloir eſt d'obeïr à ce que luy
commanderez, requerant pour toute recompenſe, qu'en
luy monſtrant vne bien petite faueur, vous receuiez vn
preſent qu'il vous enuoye. Il me vouloit bailler vn Dia-

mant de grand'valeur & richeſſe : mais vne femme n'eſt
tant blaſmée de telz menuz dons d'autant qu'on les
preſente pluſtoſt d'honneſteté qu'autrement, il ſiet mal
auſſi de refuſer choſe de ſi petite valeur, par ce qu'il
ſemble qu'on le faiſt par deſpriſement de la perſonne
qui preſente, & ſi rend en fin la dame odieuſe à vn
chacun, auec vne opinion qu'elle ne tient compte de
parler aux hommes qui meritent quelque honneſte traitement, ce qui doit eſtre liberal & familier en la beauté
d'vne ieune femme. Ie prie le Seigneur, reſpond l'hoſteſſe, qu'il le vueille garder, vous affermant que ſi en
meilleur endroit ie luy puis rendre le ſemblable, ce
ſera de bon cœur : car ie ne puis auoir autre moyen
de le remercier du bien qu'il me veult, pour l'extreme
ialouſie de mon mary. Ceſte vieille qui penſoit auoir
beaucoup gaigné du premier aſſaut, voulut entrer plus
auant diſant : Ie vous aſſeure, ma dame, quand il me
comptoit ſon amoureuſe flamme, le pauure Gentilhomme eſtoit au liſt ſi malade, que de grande crainte
d'eſtre de vous mal receu, trembloit perdant toute
parolle & contenance , ſans me pouuoir faire entendre
moytié de ſa paſſion. Et combien que ce ſoit le plus
grand heur & contentement qu'vne femme puiſſe auoir,
ayant mary faſcheux, que de iouir du plaiſir de l'amy,
ſi ne m'a il donné charge vous dire choſe qui vous
faſche, ſi ce n'eſt ceſte deſmeſurée affeſtion cauſée de
voſtre excellente beauté, qui tellement le conſomme
que ce ſeroit grand dommage (& à vous peu de gaing)
de laiſſer mourir perſonne tant deſireuſe à vous aymer
& ſeruir. Comment, mamye, il ſemble (me tenant ces
propos) qu'ayez enuie de ce que ne dois ouyr, vouloir,

II.   6

& moins permettre, vous ferez fagement de vous taire
pour le mieux. Ha ma dame, ie vous fupplie ne vous
fafcher, fi abufant de voftre facilité & douceur, i'ay
efté importune : vous iurant par cefte croix fi ie ne luy
rapporte quelque gracieufe refponfe luy mefme fe
donnera la mort. A tout le moins, confiderant en voftre
priué cefte volonté amyable, dedans deux iours, faictes
luy tant de bien qu'il vous puiffe voir en l'églife des
Auguftins, pour receuoir de vous par fignes exterieurs
cognoiffance des propos veritables que vous ay tenuz,
& du bon vouloir que luy portez, afin qu'vn vifage
(non moins accompagné de douceur que de beauté)
chaffe cefte rigueur de mort, pour en vous mefmes le
faire reuiure. Cefte babillarde, voyant l'hofteffe trouuer
vn peu de gouft en fes propos, retourna vers le ieune
Gentilhomme : qui oyant tout le difcours, le deuxiefme
iour enfuyuant ne faut à fe trouuer en l'églife des
Auguftins, où il vid fa dame : laquelle ayant tenu à la
vieille fa penfée fecrette, ne laiffa toutesfois de faire
tout deuoir de monftrer apparence de l'amour caché,
iufques adoncq' au plus profont de fon cœur & en
cefte premiere rencontre les yeux des deux amantz
porterent feur tefmoignage de leur amytié couuerte,
reftoit feulement le temps & le moyen. Ainfi le Gentilhomme certain du nom d'amy, apres auoir longuement
difcouru, delibera s'ayder d'aucuns Gentilzhommes fes
plus priuez amis qui eftoyent de nouueau venuz en la
ville : (aufquelz comptant le difcours de fon hiftoire)
fecrettement partit auec eux de la ville, pour mettre à
execution l'entreprinfe, qui fut fi dextrement ordonnée
qu'elle fucceda felon l'intention du Gentilhomme, qui

s'eftant defguifé en l'habit ; d'vne noble & grande dame
montée dedans vne litiere deux pages de mefme parure,
feruans de damoyfelles, montez fur haquenées. Efcuyers
deuant, & Gentilzhommes à cofté qui l'accompagnoyent
de bien bonne grace. En tel equipage, comme eftran-
gers venuz de fort loing, arriuent de nuiſt pres l'hoftellerie de Treffon, qui entendant le bruit de ces che-
uaux, fort de la cafe (comme eft la couftume aux
hofteliers d'Italie) & commence à demander fi c'eftoit
leur plaifir de loger. Ouy Seigneur, refpond l'vn des
Efcuyers, pouruecu qu'ayez bons litz & bonnes eftables.
Monfieur, ie m'affeure que ne ferez fi bien feruy ne fi
proprement en lieu qui foit dedans la ville. L'autre
Efcuyer, gratieux & bien apris, tirant Treffon à part
luy dift comme en fecret : Nous fommes heureux de
t'auoir rencontré, mais nous conduyfons icy la fille du
conte de Sinopole vefue (depuis peu de temps) de
meffire Gorre Carraxiore, dolente (comme lon peult
eftimer) de la perte de fon mary. Et pour ce qu'elle
eft ieune, honteufe de fe voir ainfi en continuelles
larmes, pour le regret d'vn mal tant recent, fans le
pouuoir fi toft oublier, nous autres Gentilzhommes
ferions trefayfes (pour luy ofter partie de cette melencolie) la faire conduire en quelque chambre fecrette
& non commune, en la compagnie de vne honnefte
femme de la ville, pour plus priuement paffer fa fantafie, pour ce qu'elle n'ayme fi grande multitude
d'hommes, auec lefquels ne fe fent familiere comme
entre les femmes. Monfieur, pour vous dire verité ie
fuis nouueau mefnager en cefte ville, & ne puis auoir
grande cognoiffance : mais i'ay cy pres vne petite

maifon, où ie retire ma femme, qui eſt affez ieune
& honneſte, s'il plaiſt à ma dame prendre la patience
d'y loger, nous luy ferons (non comme à ſa grandeur
appartient) mais ſelon noſtre ſimplicité. Mon hoſte,
n'ayez ſoucy de cela, c'eſt la plus priuée & facile dame
à contenter que ſçauriez cognoiſtre. Sur cela Treffon,
bien empeſché, va deuant pour monſtrer le chemin de
ſa petite caſe, à l'entrée de laquelle commence à
crier apres ſa femme : fus qu'on accouſtre vn liˊt pour
vne Conteſſe qui vient loger ceans auec vous, car ſon
plaiſir n'eſt d'eſtre auec la preſſe qui eſt en l'hoſtellerie.
Comment, diſt ſa femme (qui auoit la penſée bien
loing de l'entreprinſe) ie croy que vous reſuez d'amener
vne conteſſe pour eſtre icy bien traiˊtée. Ne vous fou-
ciez, replique Treffon, elle veult ſeulement euiter le
grand bruit, cherchez du plus delié linge & mieux ſentant, à fin de donner à cognoiſtre les femmes de
baſſe condition n'eſtre moins propres que les plus
grandes, car ie vous puis aſſeurer que l'vn des Eſcuyers
m'a ſi bien garny la main que i'ay iuſte occaſion de la
bien traiter. Sur ces propos ma dame la veuſue (con-
duyte par deux Gentilzhommes & ſes deux damoyſelles) entre en la chambre, où ſi toſt qu'elle arriue
commence à ſe plaindre du trauail & ennuy du chemin,
faignant ne demander que le repos. Ces Eſcuyers bien
apprins prennent vn gracieux congé, & ſoudain partent
diſans, ma dame ſe veult coucher. Treffon qui ne vouloit demourer ſeul auec les damoyſelles, fort de peur
d'empeſcher le plaiſir de ma Dame & retourne en l'hoſtellerie coucher pour traiˊter ſon train, qui y eſtoit
demeuré. Le Gentilhomme faſché d'habit de femme,

ſe voyant ſeul en liberté, s'approche vn peu pres le
feu, pendant que l'hoſteſſe preparoit, auec vne merueilleuſe diligence, le lict en vne petite chambre, en
laquelle ſoudain ſe tranſporte. Et ne pouuant plus porter ſa paſſion, ſe print à ſaiſir & embraſſer ſon hoſteſſe
& careſſer : tellement que la dame, ſe voyant ainſi ſurprinſe, cuyde fuyr : mais le Gentilhomme luy remon-
ſtroit le hazard & danger auquel il s'eſtoit mis, par le
moyen d'vne ſi loyalle & parfaicte amytié de long temps
pourſuyuie, que maintenant, veu l'occaſion tant
ſecrette, ne deuoit eſtre cauſe de l'aſſeurée perte d'vn
tant affectionné ſeruiteur. La dame vaincue de l'amour
& du temps propre pour l'execution de leurs priuez
plaiſirs, mettant honneur & mariage ſoubz le pied,
reſpond : puis que ſon mary s'eſtoit tant oublié que de
l'auoir miſe entre ſes bras qu'à tout le moins luy pro-
miſt (en aſſeurance d'homme fidelle) de tenir la fin
auſſi ſecrette que le commencement. Ainſi ſans vſer du
long caquet de la vieille, ou penſer aux eſcoutes que
faiſoyent les Damoyſelles deſguiſées & demeurées en la
chambre prochaine, donna au Gentilhomme tout le
contentement qu'vn amy peut chercher en ſa Dame,
ſans rien excepter. Le lendemain au plus matin les
Eſcuyers ayant contenté leur hoſte au double, amenerent
vne haquenée à ma Dame laquelle en diligence monta
deſſus, comme ſi ce iour elle deuſt ſaire plus grande
iournée qu'elle n'auoit ſait la nuict paſſée, & tout ſon
equippage preſt auecq' vn congé honneſte, s'en
retourna, non plus loing qu'au lieu où l'embuche auoit
eſté adreſſée. Et apres auoir contenté la vieille de ſon
heureux ambaſſade, iouiſt le Gentilhomme, ſans plus

fe deguifer, du plaifir de l'hofteffe tant, & fi longuement qu'il s'en fafcha.

DONNEZ vous garde, mes Dames, de prefter
l'oreille à ces ruzées vieilles, qui de la perfeƈtion & prudence de vos beautez marries, font par leur langage
affeté vn fcandalle perpetuel à voftre honneur. Et ne
foyez fi fottes d'entendre aux languiffantes tromperies
propofées par ces amoureux qui ne tendent qu'à def-
rober le plus noble & precieux trefor qui foit en vous :
fi ne voulez (au lieu de femmes d'honneur) choyfir le
nom de lubriques & mechantes.

COMPTE XL.

Afin, mes dames, qu'en blafmant la fimplicité des femmes, on ne penfe que ie veuille excufer la fottife & ignorance des hommes, qui quelquefois par leur imprudence, font non feulement caufe de leur mal, mais les mettent & conduyfent à toute perdition, iufques à vendre & proftituer leur propre honneur, il m'a femblé bon vous racompter vn difcours fort eftrange auenu de noftre temps.

N la ville de Trente, eftant fait affemblée de plufieurs Cardinaux, l'vn d'entre tous (comme le plus grand negociateur de la court du Pape, & du plus grand credit) tenoit vne fi fumptueufe & opulente maifon que fon eftat fentoit l'ancienne maiefté & magnificence du peuple Romain. Ce Cardinal ieune & liberal eftoit logé en l'vne des plus riches maifons de la ville ioignant laquelle auoit pour voyfines de bien belles dames, entre lefquelles eftoit vne qui les autres furmontoit en toute beauté & bonne grace : par le moyen dequoy fut rendu ce veftu de rouge cramoyfi, tant affectionné feruiteur, qu'il cherchoit tous les moyens de paruenir à ioindre cefte amoureufe moytié, fans oublier les meffages de l'œil accoutumez en telle pourfuyte. Mais voyant auancer fi peu fon entreprinfe, eut recours à chercher la priuauté & cognoiffance du mary,

qui eſtoit de grande & ancienne race, toutesfois pauure
pour entretenir telle nobleſſe. Parquoy ayant gaigné,
par le menu, ſon amytié par dons & exceſſiues libera-
litez propres à l'execution de ſon vouloir le ſentant
grandement ſon redeuable homme auſſi d'vn laſche
& foible courage, luy diſt : Mon amy ie vous cognois
eſtre Gentilhomme ſage & aduiſé, parquoy n'eſt beſoing
vſer de long langage pour vous deſcouurir vn cas ſecret,
qui eſt fort à voſtre auantage, & pour vous releuer de
la pauureté où vous eſtes, en vn eſtat riche & puiſſant.
C'eſt que ie ſuis tellement vaincu de l'amour & beauté
de voſtre femme, que le moindre mal que i'en puis
eſperer eſt ſuffiſant pour me faire perdre la vie, perdant ceſte occaſion tout moyen de vous auancer aux
biens, or combien que ſans vous auoir tenu aucun
propos , ie pouuois auoir chemin plus ſecret de
m'adreſſer à quelque vieille meſſagere, qui par ſubtilité
& ſans voſtre ſceu, euſt declaré & poſſible mis en effet
ma volunté : toutesfois pour l'amour parfaicte que vous
deſire continüer, auſſi que (pour mourir) ie ne voudrois faire telle choſe ſans voſtre conſentement : con-
ſideré quand on reuelle telz cas qui touchent ſi fort
l'honneur, à perſonnes eſtranges, il n'en vient que
ſcandale, ie me ſuis addreſſé à vous : ſachant treſbien
eſtre capable de le tenir ſecret plus qu'homme viuant,
ſans en rien ſcandalizer voſtre maiſon. Ce n'eſt vn faict
nouueau, duquel on ſe doiue beaucoup eſtonner : car
aſſez y en a de ſemblables qui preſtent liberallement
leurs femmes par amytié : en ce faiſant, il n'y a aucun
danger, puis que c'eſt au gré du mary. Donc s'il vous
plaiſt de tant me fauoriſer, enſemble d'obeïr à ma

requeſte (outre que ſeray perpetüellement voſtre amy)
tenez voyla tous mes treſors, & tout ce qui eſt en ma
puiſſance , les vous preſentant liberallement pour en
diſpoſer comme voudrez. Le miſerable Gentilhomme
ſouffreteux (qui eſtoit de petit ſens) vaincu d'auarice,
& delaiſſant tout honneur, diſt qu'il eſtoit content,
& eſſayeroit à conuertyr le vouloir de ſa femme. La
nuict donc enſuyuant couche auec elle, commence à luy
deſcouurir de loing, & peu à peu, la neceſſité en
laquelle ilz eſtoyent, ſans tenir eſtat honneſte comme
faiſoyent les autres de beaucoup moindre nobleſſe,
& (contre l'oppinion d'vne infinité de maryz) diſoit
qu'vn homme pauure ſe deuoit ſentir heureux, duquel
la femme eſtoit belle, parce que ſecrettement peut-
eſtre ceſte beauté cauſe d'enrichir tout vn meſnage, ſi
finement elle ſe conduit. La femme eſtonnée de ces
propos qui n'auoit encores ſentu l'eſtincelle amoureuſe
du changement (comme prompte en colere) luy reſpond que ſi iamais luy tenoit telles paroles, elle s'en
plaindroit à ſes freres, & luy pourchaſſeroit entierement
la mort. Le ſol mary (importun en ſa ſotiſe) ne laiſſa
de continuer pour corrompre ſa femme : tant que les
freres, auertyz, luy firent de ſi rigoureuſes remonſtrances
entremeſlées de menaces, que la crainte de l'effect luy
fit oublier, pour quelque temps , ſon auárice.
Monſieur le Cardinal, qui auoit entendu ſi mal plaiſante reſponſe, deuint tout melencolique : toutesfois
comme vn bon chien chaſſe touſiours iuſques à la
prinſe, le ſemblable il fit, ayant recours à trauailler ſes
yeux, pour donner à cognoiſtre l'interieur de ſa plus
ſecrette penſée. Et tant continua que ceſte dame (ſou-

uent batue & gaignée de la liberalité & courtoyſie du
ieune Prelat) elle meſme cherchoit occaſion de remettre
ſon mary aux ambles premieres qui au parler luy
auoyent ſemblé ſi rudes. Le Gentilhomme voyant ſa
femme (contre ſa couſtume) priſer & eſtimer ſouuent à
table l'honneſteté de ce Romain, comme celuy qui auoit
le cœur à la richeſſe commence à dire : Mamye vous
ſçauez de combien ie vous ay eſtimée toute ma vie,
& que la requeſte que vous ay autresfois faite n'a point
eſté pour diminuer ceſte amytié, qui demeurera perpetuelle, mais deux raiſons m'y contraignoyent. L'vne eſt
la pauureté en quoy nous viuons comme gens de baſſe
condition, ſans tenir l'eſtat qu'il appartient à nobleſſe;
l'autre eſt, que de brief ſe doit tenir vne feſte aux Seigneurs & gens d'eſtat de ceſte ville où ſommes con-
traintz d'aſſiſter, alors ſera deſcouuerte noſtre pauureté
qui n'eſt encores du tout cogneuë, dont nous prouien-
dra vn ſi facheux meſcontentement que le deſpit qu'en
prendrons, nous ſera occaſion de mort ou perpetuel
exil. Vous voyez la grandeur du perſonnage qui vous
ayme, ſur toutes choſes du monde, ayant noſtre honneur en telle recommandation, qu'il ne s'en eſt voulu
deſcouurir qu'à moy ſeul, parquoy ie vous prie (ſans
toutesfois parfaire que voſtre propre volunté) de conſi-
derer la miſere & pauureté dont nous ſommes aſſailliz.
La Dame ayant la liberté, que beaucoup de femmes
vouldroyent auoir, luy reſpond, Ie ne ſçay autre choſe
dire ſinon ce que toutes femmes doyuent faire, qui eſt
d'eſtre humbles & obeïſſantes à leurs mariz : parquoy
ie ſuis contente d'accomplir voſtre commendement,
mais mon amy, ſur tout ie vous ſupplie ne faiĉtes rien

dont apres foyez repentant, quand n'y aura remede. Le
lourdaut fut fi ayfe, que fans preuoir fon malheur alla
veoir le Cardinal, auquel fans vfer de long propos,
promift d'amener fa femme la nuiƐ enfuyuant : mais
que pour cefte premiere fourniture luy faloit cinq cens
ducatz. Le Cardinal cognoiffant la mechanceté du fot,
non moins grande que la fienne, offrit non feulement
les ducatz demandez, mais mil, & tout fon vaillant.
Ainfi la conclufion prinfe, ayant receu partie de l'argent, à l'heure promife conduit fa femme, qui en allant
luy difoit toufiours ce mot : regardez bien ce que vous
faiƐtes, car le repentir viendra trop tard. Le mary
toutesfois ne penfant qu'à remplir fa bourfe, fift tel
deuoir qu'il la rendit entre les bras de monfieur le
Cardinal, lequel auec vn merueilleux contentement,
receut tel plaifir que plufieurs foys fes femblables (fe
trouuans en pareille chaffe) ont effayé. La Dame qui
en cefte nuiƐ auoit trouué la vertu cardinale de plus
grande force que celle de fon mary : dift : Monfieur
la crainte du deshonneur & bonté qui m'a cy deuant
combatue, pour garder mon corps de n'eftre habandonné à homme viuant, n'a point efté fans auoir eu
toufiours enuers vous immortelle amytié : vous affeurant puis que mon mal-heureux mary m'a voluntaire-
ment liurée, ie fuis deliberée iamais ne retourner, vous
ayant vendu mon corps, de bon cœur le vous donne,
pour eftre voftre toute ma vie. Partant ie vous fupplie,
monfieur en confirmation de ceft amour fauorable, me
vouloir accepter pour celle qui ne fouhaite viure qu'en
vous feruant de cœur & volonté parfaiƐte, me faifant
la grace, quand il viendra querir le refte de fon paye-

ment de luy bailler? du demourant laiffez moy faire.
Car où me vouldriez renuoyer foyez affeuré, monfieur,
que vous me perdrez du tout, pluftoft deliberant fouffrir la mort en mille fortes fi poffible eftoit. Le cardinal
outré d'ayfe de telz propos, apres plufieurs careffes,
luy faict refponfe : Mamye fi la Papauté m'eftoit oc-
troyée ne me fentirois tant heureux que de la conquefte
de voftre beauté, vous faifant feule Dame de mon
corps, biens & trefors, tenez voylà les clefz baillez à
voftre mary ce que bon vous femblera. Au poinct du
iour le mary venu pour demander fon payment,
trouuant fa femme comme efperdu de fa recente folie
luy dift : mamye ie me fuis cent fois repenty de vous
auoir cy amenée & iamais n'auray regret qui me
touche fi viuement, pour le peu de repos qu'ay prins
en cefte nuict. Mon amy refpond la Dame, il m'eft
aduenu tout le contraire, car ie n'euz onc fi grand
plaifir que celuy qu'ay receu d'vn gracieux & honnefte
Seigneur : qui m'ayant habandonné fes richeffes pour
vous payer, m'a faict cognoiftre fon amour plus entiere
que la voftre, qui auez preferé les biens de ce monde
periffable à l'honneur immortel de voftre maifon. Parquoy voylà l'argent qu'on vous a promis, & qui doit
eftre recompenfé d'vn amour imparfaict : car de mon
.corps vendu, pluftoft la mort me prenne que iamais en
.foyez iouïffant. Sur ces propos fe retire foudain, fans
plus le vouloir veoir. Le miferable mary (vaincu d'vn
merueilleux defplaifir) demoura fi confuz, & hors de
tout remede qu'il ne fceut que penfer. Donc cognoif-
.fant l'occafion du mal eftre venue par fa fotte pour-
.fuyte, la honte prochaine & les menaces des parens de

fa femme penfans le retirer d'vn fi lafche vouloir, preffé de defefpoir, fe retira hors du pays fans y cher-cher retour. Le Cardinal & ma dame, auertiz de cefte perte (fans fe fafcher beaucoup) pafferent leur ieuneffe au contentement & plaifir qu'vn chacun peut penfer : fans que ceux de Trente, euffent autre opinion, finon qu'ilz s'eftoient retirez aux champs pour l'extreme & indigente pauureté de leur nobleffe.

Combien, mes dames, que le fait de ce mary foit vne apparente fottife, de laquelle fe trouue bien peu de femblables auenues aux hommes, fi ne veux ie pourtant excufer l'ignorante malice de cefte femme : laquelle, vfurpant le nom d'honneur pour vn temps, en fin fe monftra habandonnée de tout bien. Ne faut point auffi que l'excufe du mary luy ferue de couuerture, par ce que la vertu fe fait cognoiftre où le contraire eft plus poignant. Et ie vous prie vous garder foigneufement de ceux qui vfent enuers vous de grande pourfuyte, ou liberalité, car volontiers font ialoux de voz beautez, pour eftre trop charitables à leur propre chair.

COMPTE XLI.

Il se faut garder de la malice des femmes courroucées, pour ce que depuis qu'elles forgent en leurs espritz vn despit de l'offense receue soudain côme promptes & legeres entrent en volonté de rendre la vengeance: & sans auoir esgard au deuoir d'vne seule amityé s'efforce d'inuenter tous les moyens qu'ilz peuuent pour executer par tromperies ou finesses, ce que la haine propose sans consideration des personnes, ou du lieu qu'ils peuuent tenir, ainsi que verrez par ce discours.

 AGVERES en vne petite bourgade de Normandie, demeuroient trois commeres: voysines & grandes amyes lesquelles communiquoient si souuent ensemble des plus priuez secretz de leur mesnage, qu'il n'estoit rien fait par les maris à l'vne d'elles, que soudain celle qui estoit offencée à grand peine pouuoit assez tost trouuer le logis de ses compagnes pour reueller le traitement qu'on luy faisoit, & se trouuerent à la fin quasi aussi bienpourueuës de mariz & aussi lourdaux l'vne que l'autre. De sorte que ces bonnes Dames auoient si bon temps & telle liberté d'aller au change, qu'vn chacun qui les cognoissoit, facilement obtenoit l'endroit & le chois du plus aggreable de leurs beautez. En tout ne restoit qu'vne chose fascheuse, & qu'ilz sentoient quasi insuportable: c'estoit qu'aux

ours que les femmes alloient à l'efcarmouche, les
marys d'autre cofté ne fachans mieux faire s'affem-
bloient en vne tauerne, où fi bien facrifioient au Dieu
Bachus, qu'au fortir comme chancelans ça & là, &
ayans perdu par la liqueur du facrifice le meilleur de
leur fens, à grand peine pouuoient gaigner le logis :
auquel, de malheur, chacun d'eux rencontrant fa
femme, il n'y auoit pot, efcuelle, ou bafton qui ne fuft
employé pour la careffer de tous endroitz. Ainfi ces
bonnes dames (mal traitées fur le foir) conclurent vn
iour enfemble non de les tuer, craignans d'eftre
reprifes de la iuftice, mais les tromper & moquer pour
chaftiment d'vne telle yurongnerie, empefchement de
la perfection de leurs plus priuez plaifirs. La conclufion
arreftée, chacune delibere en fon endroit de bien executer fa vengeance, ou l'occafion s'y offriroit, comme
de couftume : donc les marys retournez à l'ordinaire
de la tauerne (fecretement font efpiez de leurs femmes) & ainfi qu'ilz beuuoient vindrent quatre freres
prefcheurs qui retournoient des villages prochains de
ramaffer leur quefte & demandoient à repaiftre. Ces
bons biberons (qui eftoient à table le doz au feu) les
font feoir aupres d'eux auec fi bonne chere que ce
fut à recommencer à qui mieux & plus longs traitz
boyroit : de forte qu'vn chacun fift tel deuoir de gourmander & grenouiller, qu'à grand peine peurent affez
toft trouuer leurs maifons pour dormir. La premiere
commere voyant fon mary couché (& furpris d'vn fi
profond fommeil, qu'on l'euft pluftoft efcorché qu'efueillé) prend des forces & luy fait vne plaifante couronne, de la grandeur de celle d'vn moyne, luy met-

tant le froc en fa tefte, le veftement de mefme qu'elle
auoit emprunté de l'vn de fes plus fauorables confef-
feurs & amys, & en ceft equipage le laiffe repofer
iufques au plus matin que le iour commençoit feulement à poindre, & que le compagnon auoit accouftumé
de defieuner, qui ayant defia fait digeftion de fes morceaux, dreffe la tefte pour chercher nouuelle pafture.
Sa femme (comme toute eftonnée) commence à dire
comment monfieur le beau pere vous eftes fort
endormy, voulez vous pas aller apres les autres de
voftre religion? Le mary encores eftourdy du vin & de
fon fomme (fans regarder fa femme) fe cuyde cour-
roucer contre elle : mais comme femme ruzée & affeurée en fon entreprinfe luy replique : Monfieur, ie ne
voudrois pour mourir me moquer d'vn fi honnefte
religieux que vous, & que par deuotion i'ay logé ceans :
mais ie le dis, pour ce que voz compagnons font par-
tiz, craignant que ne demeuriez feul qui ne feroit chofe
honnefte & decente à perfonne d'vn tel habit. Auffi
comment feroit il poffible beau pere qu'on vous euft
peu faire cefte couronne, & paré de ces accouftremens, fans que l'euffiez fentu? affeurément, monfieur,
bien me fouuient que hier entraftes ceans ainfi veftu.
Le mary tout efblouy fe tafte de tous coftez, & fentant
auoir la tefte raze, & enfroqué comme vn moyne, s'efcrie : Dieu eft ce pas moy? eft ce pas Iean? A la fin
la femme (continuant de l'appeller monfieur, auec mil
reuerences) mania fi bien ce pauure badin du plat de
fa langue, & encores demy yure, qu'il ne luy fouuint
que des moynes auecq' lefquelz il auoit beu : donc
pour fe voir ainfi habillé, creut qu'il eftoit de leur

compagnie, & que par vengeance diuine il eſtoit ainſi
tranſmué en moyne : tellement qu'en ceſte folle opinion demande le chemin pour aller apres eux. La bonne
commere luy faict reſponce qu'à grand peine il pourroit attaindre ſes freres, mais que par pitié luy don-
neroit ſa meſſe s'il la vouloit dire. Ainſi le pauure Iean
embeguiné, ſouz la faueur du vicaire fauoriſant en tout
ces bonnes dames, fut conduit par ſa femme en l'Egliſe,
luy faict veſtir les ornemens propres à chanter de
requiem, et le faict preſenter deuant le grand autel
preſt à faire l'office. La deuxieſme, qui ne vouloit faillir à
l'entreprinſe, incontinent que ſon mary fut reueillé le
commence à flatter & luy remonſtrer : Comment, mon
amy, 'il eſt auiourd'huy ſi bonne feſte : noſtre voyſin
compere & amy (ſe repentant d'auoir le temps paſſé
tant mal veſcu) a prins l'habit d'vn religieux, & chante
auiourd'huy ſa premiere meſſe (à l'aſſiſtance de laquelle y a vne infinité de grandz pardons) ne voulez
vous pas vous confeſſer à luy, & demander pardon de
tant d'argent mal despendu, & qui feroit bien beſoing
à nos enfans? Le pauure Guillaume tout eſtonné de ce
cas quaſi malade du regret de trop boire, fut ſi bien
preſché qu'il commença des le logis à plorer ſes pechez,
& s'en va incontinent à l'Egliſe, en laquelle voyant ſon
compere Iean, preſt à faire ſacrifice, prend vne poignée
de chandelles, les preſente à deux genoux en demandant confeſſion de ſes faultes. La troiſieſme, qui deſiroit auoir le pris de la tromperie, auoit du plus matin
porté ſon mary en vne biere deſcouuerte) comme vn
mort) à l'entrée de l'Egliſe : lequel ainſi que ſon compere preſentoit ſon offrande, commence d'ouurir vn

peu les yeux, & defcouurant à demy fon autre compagnon reueſtu, preſt à dire confiteor, cuyde commencer à rire de la fottife de fes voyfins: mais pour
ce qu'il fe voyoit en vne biere, & l'offerte qu'on faifoit
de ces chandelles allumées (fe fentant encores des
fumées du foir qui luy auoient troublé le cerueau)
douta bien fort de fa vie pour voir vn preparatif de
feruice fi preſt à chanter, en forte qu'il n'ofa parler ne
remuer aucunement, demeurans longuement tous trois
en ceſte refuerie, iufques à ce que le Soleil vn peu plus
haut leur efclarciſt la veuë, faifant cognoiſtre que le
bon vin, & la fineffe de leurs femmes auoient eſté la
feule occafion du ſtratageme.

IE NE SACHE, mes dames, homme tant faſché
de melencolie qui peut voir iouer telle farce, fans fe
pouuoir garder de rire, cognoiffant la ruze & vengeance de ces femmes. Laquelle ie croy auoir eſté.exe-
cutée, non du bon vouloir qu'elles portoient à leurs
mariz, pour les retirer d'vne telle vie (caufe de faire
perdre le fens & raifon aux hommes) mais pour rendre
pluſtoſt le chemin plus ayfé à leurs libertez & plaifirs,
ou pour tenter fi en autres chofes plus grandes les
pourroient bien tromper : par tant ne fe faut trop fier
à langues fi dangereufes, & breuuage fi doux, qui peut
endormir noſtre iugement : mais croire le fage qui dit
que le vin & la fole femme font perdre aux hommes
tous les fentimens & chemins de vertu.

COMPTE XLII.

Combien qu'amour foit par les paintres figuré nud & enfant, come
imbecile, defnué, & fans aucune force, toutesfois il n'y a puiffance fi
forte (quand on delaiffe Dieu) que la fienne: par laquelle (defarmantz
fes fubietz de toute vertu) empoisonne tellement les cœurs qu'il
dompte les plus fors & hardiz bataillantz. Ce qui fe trouue par
Achilles, qui delaissa la guerre à la faueur de Brifeis: Hercules
feruit Euphale. Et fans rechercher les anciennes pancharies par cefte
histoire pourrez voir ces foles et hazardeufes entreprifes executées par
vne delicate femme.

NAPLES, n'a pas long temps, faifoit fa
demeure vn ieune homme nommé le Sei-
gneur Antoine, natif de Gayette : lequel
combien que Dieu (qui depart le fens &
la vertu aux hommes) luy euft faict tant
de grace que de l'auoir rendu parfaict en beaucoup
de chofes, toutesfois fortune enuieufe d'vn tel bien
l'auoit fi peu fauorifé qu'en toutes fes entreprinfes
eftoit malheureux : de forte qu'il eftoit pauure, donc
pour fuyr cefte impatiente pauureté s'adonna à fuyvre
la marchandife. En laquelle fi bien fe conduit que plufieurs marchans de la ville l'enuoyoient fouuent fur
mer ès pays eftranges & loingtains pour la conduite
principale de leur marchandife, remettant tout à fa
difcretion, tant eftoit l'opinion bonne de luy enuers

tous. Or d'autant qu'il eſtoit honneſte & propre en ſes
habitz (ayant toutes les ciuilitez qu'vn homme de tel
aage peut auoir) ſa compagnie eſtoit fort aggreable
aux dames : auec leſquelles (eſtant le bien venu) frequentoit ordinairement ſans eſpargner tout le gaing de
ſes nauigations à mommeries, banquetz, & autres deſ-
pences qui peuuent attirer les cœurs des plus amoureuſes. Entre ces dames ſe rencontra vne ieune fille
d'honnorable & ancienne maiſon laquelle ſurprinſe &
eſchauffée de l'amour du Seigneur Antoine, ne peuſt
longuement diſſimuler, car ſa ieuneſſe delicate, non
accouſtumée à telles paſſions (pour ſe ſentir ainſi tour-
mentée) ne trouuoit meilleur remede ſinon qu'à gouuerner ſes penſées par la repreſentation continuelle
de l'ymage de ſon amy, mais Amour & l'ardeur continuelle de ſon feu ne ſe pouuoit contenter de ſi peu :
ains delaiſſant toute honte (le plus couuertement
qu'elle peut) deſcouurit tellement ſon affection, que
celuy qui n'eſtoit en moindre peine que la dame eut
entiere cognoiſſance. Le petit archer incontinent voyant
ces pauures paſſionnez repeuz ſeulement d'œillades,
voulut venir au ioindre, pour donner cognoiſſance de
ſa victoire : & tant pourchaſſa par moyens que tous
deux paruindrent par pluſieurs fois à l'execution de
l'heur de iouïſſance : au depart de laquelle (pour la
crainte d'eſtre deſcouuertz) ſortoient de l'interieur de
ces pauures amans vne infinité de larmes accompagnées
de mil regretz, craignans touſiours l'yſſue d'vn tel plaiſir par vne contraire fortune, qui au vray dire, auint
par eſtrange malheur, ce fut que le ſeigneur Antoine
contraint (ſuyuant ſa couſtumè d'aller en marchandiſe)

s'embarqua en vne nauire pour tirer à Genes, apres
le congé de fa dame, qui fut tant pitoyable qu'à la
feparation les ames (trop violentement preffées de douleur) cuyderent abandonner ce monde pour fe rechercher au ciel. Ainfi faifant voile par l'efpace de deux
iours, ayans le temps calme à fouhait, fit rencontre de
cinq ou six fuftes de mores : par lefquelz (furieufement
affailly) fut la nauire mis en fons, toute la richeffe pil-
lée & ceux du dedans menez prifonniers en Barbarie.
Et entre tous ceux de la prinfe, le pauure infortuné
Antoine pour efclaue vendu à vn marchand de Thunis.
La piteufe nouuelle entendue des marchandz de Naples,
& diuulguée par la ville, incontinent paruint iufques
aux oreilles de cefte ieune dame : laquelle entra en tel
defefpoir (paffionnée outre mefure) qu'elle mefme fe
cuyde priuer de la vie, mais apres cefte longue melancolie de peu de prouffit, delibera trouuer nouueau
remede : & n'euft efté la crainte de fes freres fuft foudain partie, fans autre confideration, pour chercher
celuy pour l'abfence duquel eftimoit auoir perdu
tout fon contentement, afin d'eftre compagne en fes
trauaux, comme elle auoit efté en fes priuez plaifirs.
D'auenture à Naples commença la pefte de si grande
furie, qu'vn chacun habandonnoit fa maifon & les fiens,
tellement que fes freres (plus curieux de leur fanté
qu'à contreroler leur fœur) la delaifferent feule. Donc
voyant l'occafion libre de parfaire ce que de long temps
auoit premedité fe defguifa en l'habit d'vn ieune gar-
fon marchand, fe furnommant Loys, & mettans deux
cens ducatz en fa bourfe auecq'quelques bagues pre-
cieufes, prend le chemin du port : auquel par la com-

modité d'vn nauire Venitien, preſt à deſancrer pour
faire voyle à Thunis, trouue moyen d'entrer en mer pour
ſeruir le patron. Ainſi embarquez après auoir longuement
vogué, arriue au port de Thunis : & prenans le chemin
de la ville s'enquiſt ſecrettement de l'eſtat & priſon de ſon
amy, faiſant ſi grand deuoir qu'elle trouua façon de parler à
luy. Le dolent ſeigneur Antoine paſle, maigre, eſtrange-
ment deffiguré, par la longue priſon & perte de ſa
Dame, demeura grandement eſtonné, voyant ſi pres de
luy celle qu'en ſon eſprit cherchoit à Naples. Et combien que ceſte preſence luy apportaſt vne ioye ineſti-
mable, cognoiſſant l'extremité de ſon amour, non ſeinte,
toutesfois pouſſé & eſmeu d'vne ſoudaine ialouſie de
crainte que le patron ou autre, deſcouurant l'em-
buſche, ne le fruſtraſt du bien qu'il prentendoit eſtre
le ſupport de ſa vie, luy dit d'vne grace amoureuſe :
Ma dame, encores que l'occaſion de ma priſon nous
ſoit à tous deux vn tourment quaſi inſupporttable,
& que l'espoir du ſortir ſoit trop long, toutesfois cognoiſſant le danger perpetuel auquel tomberez ſi vne fois
eſtes deſcouerte, & craignant de vous voir en la puiſſance d'autruy (ce que mon cœur ne pourroit iamais
porter, qu'il ne creuaſt de deſpit) ie veux bien ſupplier
voſtre douceur et delicateſſe ieuneſſe, au nom de noſtre
amytié inuiolable, de retourner au pluſtoſt, attendant
l'heure & occaſion qu'il plaira à Dieu m'enuoyer ſecours
pour ma deliurance. Ceſte ieune dame, à qui le departir
ſembloit trop dur, ſans emmener celuy pour lequel vn
chemin tant hazardeux eſtoit accomply, lui remonſtra
comme elle auoit apporté argent pour le mettre hors de
captiuité, ayant pouuoir de le racheter facilement, ſans

danger d'aucune cognoiffance. Partant, la conclusion
prinfe, s'adreffe fecrettement à vn des marchands du
nauire : auquel fit entendre qu'elle desiroit racheter vn
prifonnier fon parent, le fuppliant d'effayer la façon
d'en pouuoir auoir pris raisonnable. Le marchand qui
auoit ennuie de luy faire plaisir (pour le veoir doux
& honnefte) volontiers pourchaffa cefte deliurance,
& pratiqua tant enuers le more, qui tenoit le Seigneur
Antoine prisonnier, que l'accord fut fait de le rendre
en liberté pour cent ducatz. Incontinent cefte paffionnée dame en l'habit d'un varlet (eftimant eftre au bout
de fes malheurs) portée d'vne ioye nompareille, pour
l'esperance de la prochaine deliurance de fa moytié,
retourne au nauire, où penfe trouuer sa bougette pour
bailler l'argent au more : mais un larron marinier qui
l'auoit prise en garde voyant un butin fi à propos, sans
eftre de nul aperceu, fecretement l'auoit emportée.
Lors ceft ayfe fut en un moment conuerty en vn
piteux et soudain changement de pleurs. Ainfi retour-
nant vers le marchand qui auoit fait l'accord lui compta
fa piteuse fortune, & que partant elle deliberoit fe vendre afin de racheter la perfonne du monde que mieux
aymoit. Pour donc donner couleur à fa vente, disoit
qu'elle efttoit grandement redeuable à ce parent qui
l'auoit nourry, efleué ieune, & auoit receu tant de biens
faitz par fa liberalité qu'impoffible feroit les lui pouuoir
iamais rendre ne recognoiftre. Tant fceut bien defguifer
fes propos que le marchand la vendit (ainfi accouftrée
de l'habit d'vn feruiteur) à vn riche citoyen de la ville
pour la fomme de cent ducatz, pour lequel pris le feigneur Antoine fuft à l'instant mis en liberté. Mais enten-

dant le difcours du fait de fa dame qui eftoit en fon
lieu prifonniere, craignant fon fait eftre à la fin des-
couuert cuyda cent fois (sans bouger de la place)
perdre le fens de vehemente colere, pour la difficulté
qu'il veoit de la pouuoir retirer d'vne telle feruitude.
Toutesfois, preferant l'amitié aux inconueniens qui en
pourroyent furuenir, delibera d'entreprendre tous les
moyens pour paruenir à cefte deliurance, fans y efpar-
gner fa propre vie. Et apres auoir prins accointance
secrette auec d'autres efclaues qui ne cherchoient
qu'occasion nouuelle de pouuoir racheter leur captiuité,
par vne defrobée et foudaine fuitte, voyant le chemin fi
facile de libererent franchement de s'embarquer auec luy,
comme ceux qui auoyent cognoiffance du pays, & paf-
fages de toute la Barbarie pour feurement efchapper.
Combien que telle entreprife fuft haute & difficille à
fortir bon effect, neantmoins conclud le feigneur Antoine
auec fes compagnons l'executer: ayantz donc recouuert
vne petite barque (pour l'execution de fa fuitte) fceurent fi fagement efpier la commodité du temps que
fans eftre aperceuz, la dame fut finement enleuée, faifans voile vers la Sicile à la plus grand diligence qu'ilz
peurent & vogans d'vn merueilleux contentement & plaifir de leur butin. Mais la mutation du temps & de la
mer courroucée, conuertit cefte ioye en une fin piteufe
et miferable : par ce que la tormente tellement agitta
& mania ce petit vaiffeau maiftrisé des vens, que fans
pouuoir refifter à l'impetuofité, furent soudain repouffez
au port duquel ilz eftoyent partis. Ainfi eftans reco-
gneuz de ceux qui se preparoyent à les fuyure, font fes
pauures amans menez prifonniers à Thunis : où le cas

eſtant deſcouuert le pauure Antoine (par la loy du pais) fut executé à mort et la dolente Dame, surnom- mée Loys, condamnée d'eſtre battue de verges toute nue, qui eſt la punition que les mores donnent aux chreſtiens fugitifz. Mais comme on l'euſt deſpouillée pour l'execution, les bourreaux qui la tenoyent deſcouuri- rent incontinent vne chair délicate & polie, par les endroiĉtz de laquelle cogneurent les marques qui font cognoiſtre la femme, tant bien plantée que on euſt iugé nature y auoir fait vn ouurage parfait. Incontinent eſtonnez en auertirent le gouuerneur de la ville : lequel faiſant venir ceſte ieune Dame en ſa preſence (con- templant choſe nouuelle à ſes yeux) demeura vaincu de ſa beauté : & comme celui qui auoit opinion de la garder l'interrogua ſi doucement, qu'en fondant en larmes, elle lui descouurit ce ſecret de ſon amour. Et à l'iſſue de un ſi triſte diſcours cherchant l'occaſion de mourir, pour ne demourer, ſoubz la puiſſance d'vne nation farouche et barbare, comme eſplorée et eſper- due de la recente mort de celuy ſeul pour lequel deſi- roit viure, ſapproche de l'un de ces mores, duquel trouue façon de tirer vn petit couſteau, ſe frappant au droit du cœur ſi à propos qu'à l'inſtant tomba morte deuant les piedz du gouuerneur : lequel encores qu'il fuſt de nature eſtrange & rude, toutesfois eſtant viue- ment touché de l'amour et pitié de ceſte ieune dame fiſt vn dueil merueilleux de telle perte : et pour rendre eternelle memoire de la grandeur du cas, fiſt enſeuelir ces deux amants en vn ſepulchre contenant l'entiere deſcription d'vne ſi pitoyable hiſtoire.

Iɛ ɴɛ ᴘᴜɪꜱ penſer (mes dames) que ne vous eſmer-

ueillez beaucoup, de la grandeur du courage de cefte
dame, ayant entreprins choses fi perilleuses (& qui
depuis luy ont coufté la vie) pour auoir perdu le fens
au besoing, fans regarder l'iffue des foles entreprinfes:
lefquelles fondées fur vn bien petit plaifir, et qui peu
dure (oultre ce qu'on fait vn deshonneur perpetuel aux
fiens) on en reçoit vn mal cent fois pire, penetrant
dauantage fi au vif, que celles qui ne prevoyent plus
sagement l'inconuenient des chofes commencées fans
Dieu, iugement et raifon, tombent fouuent en femblable
danger.

COMPTE XLIII.

On dict en certaine maladie eſtre la muſique neceſſaire, de ſorte que par la multitude des inſtrumens & ſons d'iceux, on pourſuit tellement l'humeur (qui cause le mal) par vne conuenance ſecrete qu'elle a auec partie de l'armonie, en la ſentant, ſoudain ſ'eſmeut, & tant agile la maladie, qu'en ce faiſant recouure ſa ſanté. On ne doit donc point trouuer eſtrange qu'vn malade (quelquefois abandonné des medecins) par vn ſoudain plaiſir de rire, ſortant du meilleur de l'interieur, ne puiſſe tellement ſ'eſmouvoir que par ceſte ioye imputée la maladie ne ſoit contrainte de changer ſon cours, & par ce moyen le malade pouuoir retourner à guariſon, comme vous verrez par ce discours.

PRES la mort de François Sforce dernier Duc de Milan, vn Docteur en Medecine, ſçauant et experimenté en l'art, autant qu'homme qui fuſt de ſon temps à cause du trouble des guerres faictes au Duché, faſché auſſi de la perte de ſon maiſtre, pour les faueurs et biensfaitz qu'il receuoit par chaſcun iour de luy, ſe deſpleuſt, tant au pays, qu'afin d'euiter partie de ſa melencolie ſ'en vint en France, & pour quelque temps alla demeurer à Montpellier : où le pauure melencolique eſperoit trouuer allegement de ſon mal, eſtans toutesfois de nature ſolitaire, continua tant longue-ment ſa triſtesse, apres le changement de ſon païs (duquel à la colere il ſ'eſtoit ſi ſoudain eſloigné) que

voulant reprendre la vifitation de fes liures (propre
fubiet pour rendre l'homme affez refueur) ne fe peuft
tant commander, fans trop entreprendre fur fa fanté :
car penfant trouuer tout fon plaifir à l'eftude, demou-
roit feul ordinairement en fa maifon, viuant auec vne fi
grande folicitude, qu'en fuyant le repos neceffaire à son
efprit, tomba en vne fi forte maladie et debilitation de
cerueau, que les medecins (fans cognoiftre l'occafion
de fon mal) l'auoyent du tout abandonné. Or ainfi
qu'on penfoit ce pauvre malade, preft à rendre l'âme,
fes feruiteùrs (enuieux des ducatz qu'il auoit aporté
d'Italie) penferent incontinent, par ce qu'il eftoit
eftranger, que peu de personnes fe fouciroyent d'auoir
la fucceffion, au moyen dequoy facilement emporte-
royent tout l'argent & fon meuble. En cefte confideration fermoyent la porte à tout le monde, afin de fur
cefte occafion fauorable faire à leur ayfe leur pacquet
& partage du bien d'autruy, fans auoir efgard au paffé,
qu'ilz auoyent efté humainement traiélez de leur maiftre,
oubliantz auffi tout le deuoir et la loyauté que doit vn
feruiteur, chacun d'eux attendans le dernier foufpir
pour toucher au plus precieux, prenoit et defrobait ce
qu'il pouuoit accrocher ou trouuer à l'efcart. Le Seigneur regardant en pitié fa creature, delaiffée du fecours
& traitement de fes domeftiques, ne voulut permettre
une entreprinfe fi malheureufe, et contre fon honneur
fortir à effeél : mais difpofant contre le vouloir de ces
larrons, permift qu'un vieil singe (que nouriffoit le
medecin) trouuant la porte de la chambre du malade
ouuerte, entraft dedans : & pour ce que le naturel d'vne
telle befte eft d'imiter & faire tout ce que elle void

faire, fe fentant en liberté, comme fi elle euft voulu
partager auec les feruiteurs (qui eftoient empefchez à
ferrer leur butin) prend le chaperon rouge & fourré de
monfieur le Doĉteur, qu'il auoit accouftumé de porter
ès aĉtes & affembles publiques de medecine, & fe
coiffe la tefte d'vne telle grace deuant luy, que le
patient print fi grand plaifir à contempler toutes fes
cingeries, qu'il fut contrainĉt de fi fort rire, que cefte
emotion par tout le corps eftendue, agita tellement fa
melancolie (par la continuation de l'aife qu'il prenoit)
qu'au bout de deux ou trois iours recouura fa fanté.
Les feruiteurs & chambrieres qui tenoient, ce leur fembloit la mort de leur maiftre affeuré, & qui auoient fi
bien party fes meubles, furent defpiteufement fachez
de telle conualefcence (pource qu'il falloit rendre gorge)
depuis ayans defcouuert, par les propos du medecin,
l'occafion de cefte guarifon, delibererent de fe venger
du finge : comme cogneu imitateur des effeĉtz de
l'homme, pour à quoy paruenir l'vn des feruiteurs (& le
plus malicieux) prend vn coufteau pointu, & auec une
petite veffie pleine de fang qu'il fe met pres la gorge,
feint (en la prefence du finge) s'egorgeter, de façon
qu'ayant percé la veffie le fang couloit en bas de tous
coftez. Cefte befte attentifue à regarder ce que faifoit
le varlet, auffi toft qu'on euft laiffé le coufteau aupres
de luy, à l'imitation de ce qu'il auoit veu faire, incontinent le prend, & fans aucune fainĉte fe couppe fi bien
la gorge que par la grandeur de la playe & du fang
efpandu en vn inftant mourut. Le maiftre mary outre
mefure que celuy qui auoit efté (ce luy fembloit) le
recouurement de fa vie, perdoit la fienne, euft foupçon

de la verité du fait : Donc cognoiſſant l'ingratitude
& malice de ſes feruiteurs ſi grande, & à l'auenir plus
dangereuſe, leur donna le plus doucement qu'il peuſt
faire à tous congé, afin de demeurer en ſeureté de ſa
perſonne & de ſes biens, et non à la miſericorde de
tant d'ennemis.

BIEN SOVVENT, mes dames, les choſes qu'on penſe
eſtre faiɗes ſecrettement ſont deſcouuertes par auentures inopinées, & que Dieu permet : pour monſtrer
que toutes les entreprinſes humaines ſont moins que
vent, & qu'elles ſont renuerſées quand il luy plaiſt. Car
la pluſpart de nos deliberations ſont folles & de nulle
valeur : Partant le Seigneur, qui de tout diſpoſe à
ſa volonté, les accompliſt ſelon ſon bon plaiſir :
car à l'heure que penſons les choſes à leur commencement eſtre ſelon noſtre intention, ſoudain par
ordonnance diuine cognoiſſons tout changé & ſucceder
au contraire.

COMPTE XLIV.

Parce qu'amour est aveugle, il rend ceux qui se laissent tomber
en ses lacz aussi peu voyant : tellement que sans jugement ayans perdu
la vraye lumiere qui leur fait avoir l'entiere cognoissance du sou-
uerain bien & entretient toute liberté le naturel trop charnel, tousiours
enclin à suyure plustost le mal se laisse gaigner et conduyre par les
beautez exterieures des choses qui plaisent & semblent belles : les-
quelles à la fin decoiuent si fort qu'ilz causent vne infinité de maulx :
& cela certainement s'engendre par la concupiscence terrestre
laquelle surmonte la vertu principale du sens qui doit conduyre &
gouuerner la perfection de l'esprit.

N marchand Espagnol, traffiquant à Na-
ples, nommé (de ceux qui l'ont peu cognois-
tre) Pierre Geneſtre, homme d'vn vigilant
eſprit, pour la conduite de toutes entreprinſes, faiſant par terre et par mer vn
train ſi merueilleux de toutes marchandiſes, que de la
meilleure partie de la ville la cognoiſſance & amytie luy
eſtoit tant à main qu'à ce credit des plus oyſifz receuoit
l'argent pour proffiter. Entre autres vn ieune mignon
de la ville, ſurnommé Coſme, de nouueau mis au lyen
de mariage & fort empeſché à la garde continuelle de ſa
femme lui bailla quelques deniers contens pour en receuoir
proffit, Geneſtre (ſurprins de l'amour de la nouuelle
mariée) ayant acquis grande familiarité enuers Coſme,

commença eftre fi libéral qu'il luy rendoit le proffit de
fon argent au double : en forte que ceft auantage
eftoit caufe de rendre Cofme plus priué au feul Geneftre
qu'à tous ceux de la ville. Or combien que la ialoufie,
qui enueloppait & brouilloit le cerueau de ce ieune
homme, l'euft entierement banny de la frequentation de
fes plus priuez amys, touteffois ce bon marchand (pour
venir au but où il pretendoit) fe monftroit tant fon amy
qu'à chafcun retour de tous fes voyages des pays
eftranges luy defcouuroit toutes les fingularitez de fa
marchandife, ou s'il y auoit chofe nouuelle & finguliere,
à quoy il fe monftraft tant foit peu affecté, n'eftoit d'un
feul point refufé, d'auantage fimulant l'auoir en opinion
grande d'homme de bon iugement, luy communiquoit
le plus fecret de fes propres penfées pour en demander
conseil, tellement que Cofme fe fentoit grandement
fauorifé de Fortune, par la conquefte d'un fi fidelle
amy : auec lequel tant augmenta cefte frequentation
d'amytié fimulée, qu'afin de la conferuer à iamais en
perfection le fift fon compere d'alliance au premier
enfant que fa femme auroit : ce que le Seigneur Pierre
tref-voluntiers accepta, eftimant eftre l'affeurée couuerture de fon entrepiinfe. Ainfi le comperage confirmé,
la porte fut ouuerte au feigneur Geneftre à toutes les
heures qu'il vouloit aller en la maison de Cofme, qui
luy faifoit un grand recueil, & le femblable (auec une
affection couuerte) la belle Adrianne fa femme : laquelle
fafchée de la rigueur et longue feruitude de fon mary,
voyant auffi le deuoir auquel Geneftre s'employoit à fon
occafion, & pour l'amour de fa beauté, ne voulant fe
monftrer ingrate s'efforçoit de lui faire cognoiftre fon

amoureuse passion, causée d'un regret qui estoit caché
en elle, pour ne pouuoir satisfaire à l'execution du plus
secret de son desir. Ces amanz ainsi s'entretenans par le
signal gracieux de leurs yeux, Cosme deffendoit à tous
sa maison, hormis à Genestre : lequel tant sagement
sollicita la belle Adriane qu'il se fist maistre & possesseur
du milieu de son corps, iouissant à son plaisir de toucher selon le temps et les heures que on peut choisir
pour n'estre empesché d'un ialoux : Mais fortune
faschée de l'auoir ainsi fauorablement traicté, luy
appresta nouuelle occasion d'habandonner vn tel contentement pour estre contraint de s'en retourner en
Espagne : duquel voyage sa dame auertie, commença
à faire vne infinité de regretz si pitoyable, que le pauure
Genestre (vaincu de son amour) conclud de l'emmener
auecques luy, sans nullement l'habandonner. Ayant donc
mis ordre à son entreprinse, alla visiter son mary, suyuant sa coustume, & apres plusieurs discours lui dist en
parolles couuertes. Mon compere & singulier amy i'ay
trouué en vous tant loyalle et souueraine amytié : que
de toutes mes facheries ie n'ay iamais eu personne
tant proche en laquelle m'ayt esté possible plus souue-
rain remede qu'en vous, & m'a grandement aymé
Dieu, de m'auoir pourueu d'vn homme tant amyable,
duquel aussi la frequentation & le conseil m'a esté si
proffitable que par experience veritable i'ay cogneu la
parfaicte fidelité de vostre amytié, dequoy auecq' le
temps i'espere faire telle satisfaction, qu'en ce faisant
ferez certain de combien me plaist ceste accointance,
pour durer eternellement. Et pource que vous estes seul
en ce monde en qui plus ie me fie, il fault que soyez

aduerty (comme celuy qui doit eſtre ſecretaire de mes
affections priuées) qu'à la faueur d'vn Gentil-homme de
ceſte uille iay eu iouïſſance d'une ieune iouuencelle,
femme d'vn marinier, au cœur de laquelle est tellement
le mien rauy, que ſans ſa preſence ie ne puis viure vne
minute de temps. Or eſtant douteux que le Gentilhomme en mon abſence, comme lon m'a aſſeuré, du
regret qu'il a de m'auoir faiȼt .ce plaiſir ne la vueille
enleuer & retenir pour amye : de crainte d'vne telle
perte, qui me pourroit cauſer vn tourment perpetuel,
i'ay deliberé l'emmener demain en mon nauire, ayant
pour ceſt effeȼt penſé (outre les biens infiniz receuz de
vous) que me ferez bien ceſte grace d'aller demain à
l'heure que ie deuray partir prier le marinier de vous
mener en ſa barque pour me conduyre et accompagner
un mil ou deux en mer, ce pendant mon ſeruiteur ira
vers la dame aduertie deſià de mon vouloir, laquelle il
conduyra deſguisée iuſques au vaiſſeau où vous ſerez,
afin de la rendre en mon nauire : cela faiȼt, pourrez
retourner auec le marinier : vous aſſeurant, mon vray
amy, de n'eſtre ingrat enuers vous, et que tant que
l'ame reſidera en ce corps pourrez diſpoſer de tous mes
biens, comme i'eſpere qu'aurez ſeure cognoiſſance au
retour de mon voyage, qui ſera plus court qu'on ne
penſe. Coſme aueuglé de ſes doux propos, creut facilement eſtre moquerie et reſpondant luy diſt : Ie vous
ſupplie conſiderez vn peu la deſloyauté du Gentilhomme, ie m'eſtonne qu'il ne uous a ià trompé & ſeduit
voſtre dame, car ie cognois aſſez que vault l'accointance
de ſemblables perſonnes ſeintz en leur amytié : & ſi
pluſtoſt m'euſſiez aduerty ie vous euſſe bien conſeillé de

n'auoir point d'efperance de fidelité en telle maniere de
gens : n'ont ilz pas eu enuye de noftre communica-
tion, jufques à me dire cent mil maux, pour me faire
croire vn foupçon de ma femme voftre comere? toutesfois compere ie n'ay laiffé d'eftre affeuré de votre preu-
d'homie : & afin que me penfiez preft à vous complaire
pouuez vfer enuers moy non de priere, mais de commandement : ie cognois le compagnon marinier,
fachant trefbien comme il faut gaigner par argent, qui
me faict trouuer cefte inuention fort bonne car quand il
fera de retour & ne trouuera point fa femme, à grand
peine fe doutera qu'elle ayt efté enleuée de cefte façon:
pource qu'il nous aura toufiours accompagné de pres :
mais au contraire cognoiffant fon inconftance & legereté penfera qu'elle s'en foit fuye auecq' quelque amoureux nouueaux. Cefte deliberation conclue fur le foir,
le feigneur Geneftre alla en la maifon de Cofme : où
faignant d'eftre venu pour dire à Dieu à fa commere,
luy fait prefent de quatre aunes de taffetas cramoyfi,
pour confirmation de comperage futur, prenant d'elle
vn gracieux congé. Comment dift Cofme à fa femme,
que uous eftes honnefte de faire difficulté de le baifer :
ie vous prie mamye, prefentez luy hardiment la bouche, car ceft noftre compere, et l'vn des meilleurs amys
qu'ayons point en cefte ville : ainfi accompliffant volun-
tairement le commandement de fon mary, luy prefente
vn baiser plus fauorable, qu'il ne penfoit. Apres le
congé prins Cofme retirant à part le Seigneur Geneftre
l'auertit le baftelier eftre gaigné et tout preft. Doncq' le
lendemain de plus matin l'ordre mis à tout, s'en vont
tous deux sur l'eau où ils trouuerent le marinier qui

atendoit la proie qu'on eſtoit allé querir pendant l'abfence de Cofme, que Geneſtre entretenoit gracieuſement, luy difcourant le danger des paſſages de ſon
voyage & le proffit qu'il eſperoit en raporter à tous les
amys, du nombre deſquelz l'eſtimoit le premier, continuant ces propós arriue incontinent vn varlet qui tenoit
par la main la belle Adriane ſi bien couuerte & defguifée, qu'impoſſible eſtoit de la cognoiſtre. Ainſi entrans
tous en la barque, la pauure Dame cognoiſſant ſon
mary prefent eſtre conducteur d'elle (fans le ſçauoir) ne
fe peut garder de plorer amerement, pour le regret
quelle auoit de luy ioüer vn tour ſi mefchant & tant
defauantageux pour ſon honneur, & n'euſt eſté la crainte
d'eſtre defcouuerte, fuſt volontiers retournée en ſa
maifon : mais voyant le repentir venir trop tard, auſſi
que par ce moyen feroit ſa faute entierement defcouuerte en danger de ſa vie, delibera de tenter la fortune.
Cofme qui penſoit entretenir la femme du marinier,
l'oyant ſi fort foufpirer s'approche d'elle, en voix baſſe
et douce luy commençant à dire : Dequoy plorez vous
folle? eſt ce pour veoir icy voſtre mary prefent? onques
tant d'heur n'auint à femme de femblable qualité que
d'eſtre tombée es mains du compere, lequel comme ie
ſçay, vous ayme plus que ſa propre personne, foyez
feure que il vous rendra maiſtreſſe de tous ſes biens,
& vous traictera tant humainement qu'à iuſte occaſion
deuez oublier toute triſteſſe pour eſtre dame d'un ſi riche
marchand : car ie ſuis certain, qu'auenant la mort de
voſtre mary (tant eſt furprins de voſtre amour) qu'en
ce feul point pretend de vous auoir pour femme. Sur
ces propos arriuerent pres le nauire du feigneur Pierre

Geneftre, auquel apres eftre embarquez, & le dernier
congé prins, Cofme fe retire en la ville, laiffant faire
voile au feigneur Geneftre auec la belle Adriane fa
femme, content (comme il pensoit) plus que de la conquefte de l'empire Romain. Mais le malheur, qui fuyt
fouvent les marchands au peril de la mer, les pourchaffa
de fi pres, qu'alors qu'ilz penfoyent eftre hors de tout
danger la mer (en vn moment) fenfle de telle forte,
qu'à la veoir ainfi courroucée, euffiez proprement iugé
les flots & vagues d'icelle fe deuoir ioindre auec les aftres
fuperieurs tellement que le nauire des deux pauures
fubietz du petit archer follaftre, fut tellement agité
& pouffé de la tourmente & impetuofité des ventz, qu'à
la rencontre d'un roc hault & aigu il fut froiffé et mis en
mil pieces, & tous ceux du dedans fubmergez & perdus.
Cofme (qui ne penfoit à fa perte) retourna en sa maifon
fans y trouuer fa femme (qui n'auoit couftume de fortir)
comme celuy qui cherche et point ne trouue ce qu'il
demande fut ainfi eftonné : defcouurant à la fin que le
proffit receu de fon compere luy eftoit bien cher
vendu, & comme preffé de tous fes amys deliberoit fe
venger de l'outrage. Mais de fortune, quelques marchands d'Efpaigne qui venoient à Naples, tombez à la
mifericorde de cefte tempefte, et efchapez du peril,
defcouurirent en mer le roc du nauuire de Geneftre :
duquel, pource qu'il touchoit beaucoup de marchands
de la ville, comme enuieux de fon credit, femerent
incontinent par tout le bruyt de fon naufrage. Partant
Cofme vengé du Caftilien, affeuré auffi de la mort de
fa femme, convertit fes regretz au contentement du
plaifir de la vengeance venue fi à propos.

CESTE piteuſe auenture (mes dames) eſtonnera les
femmes ſubieﬖes à telles et ſemblables paſſions, aﬁn
de n'eſtre ſi hardies de entreprendre tant de hazardeux
paſſages, pour les inconueniens qui voluntiers les accom-
pagnent, leur donnant touſiours le guerdon qu'ilz meritent ſe laiſſans ainſi tomber en vn bourbier fangeux,
duquel ne ſe peuuent retirer. Et rendra les autres (qui
n'ont experimenté ces dangers) plus ſages & aduiſées,
quelque ſubiection qu'ils puiſſent auoir de leurs maryz,
de conſeruer, par le moyen du Seigneur autheur de
tout bien, l'honeſteté deuë à leur reputation, pour ne
laiſſer entrée à vn tas d'emmiellées douceurs qu'il
ſemble l'amour proposer : parce qu'vn tel breuuage
empoyſonne tellement les cœurs que les ſens & la
raiſon eſtant ainſi aueuglez qu'à ce moyen ſe pert l'honneur qui fait durer & eſtimer les femmes.

COMPTE XLV.

*Tout ainſi qu'on ne doit iamais laiſſer croiſtre l'eſpine ou mauuaiſe
herbe entre le bon bled, auſſi ne doit iamais la femme aymant l'honneur permettre que la flatterie d'vn tas de paſſionnez prene entrée en
ſon eſprit, de crainte de ſuſpition & d'vn plus dangereux venin, qui
tellement endommage le ſecret des cœurs, que ſi du commencement on
ne l'arrache par viue reſiſtance & ferme volonté de bien faire, la chair
qui ſe plaiſt & flatte facilement engendre vn fol deſir, lequel puis
apres croiſt ſi poignant que l'eſperance de toute bonne fin demeure du
tout perdue comme pourrez voir par le diſcours de ceſte hiſtoire.*

v temps de Philippe Duc de Bourgogne
Prince magnifique, & qui eſtoit autant bien
accompagné de grans ſeigneurs et Gentilzhommes que prince de ſon temps, en ſa
court fort continuellement ſuyuoit vn ieune
Gentilhomme du franche Comté, nommé le ſeigneur
Vallor : qui de toutes les graces deſquelles nature peut
enrichir vn perſonnage pour eſtre eſtimé de tous (& meſmement fauoriſé des dames) eſtoit bien accomply.
Ce ieune Gentilhomme fort proche voiſin d'vne ieune
dame du pays, demeurée veufue d'vn grand ſeigneur
par le moyen de ceſte proximité, & comme celuy qui
auoit eu de longue main familiere frequentation de ſa
maiſon apres la mort du mary, d'vne prudence ſi
grande, ſceut conduire l'entrepriſe qu'Amour engendre

aux cœurs de ceux qui veulent effayer le plaifir de
l'execution & iouyffance de fes fruitz, que la dame non
moins amante qu'aymée le fift maiftre et poffeffeur de
ce qu'elle deuoit garder autant ou plus que fa propre
vie. Ainfi le gentilhomme continuellement empefché aux
priuez plaifirs de ma dame, abandonnoit quafi du tout
la cour, ce que le Duc trouuoit fort eftrange, mefmes
voyant celuy qu'il auoit nourry ieune, pourueu de tant
d'eftatz, & charges grandes s'eftoit rendu absent durant
la guerre, fans fe prefenter pour faire le deuoir qu'vn
homme de cœur doit faire pour le feruice de son feigneur. Donc pour fçauoir l'occafion de fa longue
abfence, commanda luy efcrire lettres pour venir en
cour. Le Gentilhomme d'vn cofté cognoiffant le tort
qu'il fe faifoit d'ainfi garder la maifon, lors qu'vn chacun
fe preparoit aux armes, d'autre ayant vn regret
fafcheux à merueilles de prendre congé de la dame qui
tant fauorablement le traitoit, eftoit en vn tourment
& variété de tant de penfées, qu'à grand peine pouuoi
choyfir conclufion certaine. Toutesfois preferant l'honneur et les granz biens receuz du Duc, au fol Amour,
auffi la charge de laquelle ne fe pouuoit defcharger
fans offenser par trop la reputation qu'entre les plus
vaillans auoit aquife, delibera de dire à Dieu, qui ne fut
fans tant de plaintes accompagnées de pleurs qu'au
departir les cœurs de ces deux pauures amantz (enflez
du defplaifir et crainte d'vne trop longue abfence) cui-
derent au mefme instant abandonner les corps. Apres
donc vne infinité d'eftroitz baifers, le Gentilhomme
brauement equipé de toutes chofes neceffaires à fa
grandeur, print le chemin de la cour, en laquelle fut

humainement receu, fpecialement du Duc qui luy donna
mil attaintes d'auoir fi long temps demouré abfent. Ma
dame ce pendant abandonnée feule exerça la nuit fes
yeux plus à plorer qu'à dormir, pour l'impatience du
tourment auquel fon efprit trauailloit, penfant auffi à la
feparation du plaifir accouftumé, perdoit la contenance
qu'vn chafte cœur doit auoir, au moyen de la guerre
qu'Amour luy faifoit continuellement : mais tout ainfi
qu'vne ioye eft offufquée d'une fafcheufe triftefſe, au
contraire vn ennuy prend fin à la rencontre d'vn nouueau plaifir. Par trait de temps aduint que non gueres
loing de fa maifon, demeuroit vn ieune Abé bien nourry,
aagé feulement de trente ans, grand et fort de corps,
qui à fauter, lutter et autres exercices, desquelz vn
moyne oyfeux fe peut accouftrer n'auoit iamais trouué
homme qui le peuft vaincre. Ce gallant affamé du
plaifir amoureux, hardy & effronté, fentant cefte vefue
en proye, feule & delaiffée de celuy qu'on difoit auoir
le bruyt de l'aymer, l'alla vifiter fouz couleur d'ap-
pointer les differens qu'auoit eu fon predeceffeur auec
le mary d'elle, & comme voulant tout apaifer à fon gré,
s'ouffrit, fi librement & de telle grace, qu'il fut pour
la premiere fois fort bien receu, d'auantage prefenta tant
d'offres à cefte dame de toute fon Abaye & de fa propre
perfonne, que le chemin luy fut beaucoup plus facile
& ouuert de la pouuoir venir voir affez priuément, ce
qui n'eftoit fait fans que monfieur le reuerend s'efforça
de toute fa puiffance à faire dons, paffer telz contratz
& appointements qu'elle vouloit pour les differentz de
tous les vieux proces d'entre eux : au refte l'entretenoit
gracieufement luy prefentant toutes les obeyffances

qu'vn seruiteur peut faire pour gaigner la bonne volonté
d'vne dame : de forte qu'en cefte familiere continuation
l'Abé augmenta fi bien fon credit (veu le fubiet fauorable) qu'à l'occafion de la longue absence du feigneur
Vallor, ma dame commença fe fafcher d'attendre, donc
remettant en memoire le long temps qu'il ne luy auoit
efcript, penfa foudain fon cœur s'eftre efloigné de fon
amytié, prouoqué & furprins de l'excellence de tant de
dames de cour, d'autre cofté fe voyant en liberté de
pouuoir commander à vn autre, duquel fon efprit pen·
foit iouyr plus facilement, oublia tout le deuoir d'honneur & de confcience pour s'abandonner aux executions
de la chair voluntaire : Ainfi preffée du nouueau efguillon
d'amour par un foudain changement, commença le feu
à prendre promptement du cœur en l'efprit fi vifuement
embrafant toutes parties les plus nobles de la raifon
qu'en vn inftant veu le temps l'occafion propre, & choi-
fie fans aucun empefchement fceurent parler de fi
pres que la dame effaya fi la couuerture et confeffion
defrobée de l'Abé eftoit plus aggreable que l'amytié du
Gentilhomme. Ce qu'apertement elle donna bien à
cognoiftre, veu qv'un feul iour ne fe paffoit (pour le
moins ne tenoit qu'au reuerend) que ma dame ne cher-
chaft moyen de toufiours faire efplucher fa confcience
fans refifter au plus fecret, tant auoit trouué de gouft
à porter fi doulce penitence, qui fut continué tant longuement, que cefte veufue fe rendoit fouuent à l'ordinaire de l'Abaye, ou monfieur l'Abé au chaftteau de
ma dame. Pendant ces priuautez, & qu'elle recueilloit
les fruicts du couuent : Le Gentilhomme Vallor s'efforçoit en tout fon pouuoir de perpetuer fon nom, & faire

cognoiſtre ſes vaillances contre les ennemys, à fin d'entretenir la grace du Duc, eſperant à l'iſſue de la guerre,
ayant atteint le reng des plus braues par ce moyen,
paruenir à eſpouſer celle qu'en ſon cœur eſtimoit ſa
propre moytié. Mais le malheureux et variable Amour
luy auoit ſi bien changé de lieu où veritablement penſoit tout ſeul reposer, qu'apres auoir prins congé du
Duc avec vn merueilleux contentement de ſon ſeruice
& recompenſe grande qu'il emportoit, trouua ſa longue
abſence lui auoir apporté plus d'heur, pour l'augmentation de ſon repos, qu'en ſoy meſmes n'euſt peu ſou-
hayter, perdant vne choſe infecte & corrompue, en
eſchange de l'honneur immortel aquis entre les plus
braues et vaillantz Capitaines de Bourgongne : Toute-
fois comme homme ſage ne voulut prendre trop de
fiance en l'opinion vulgaire & ialouſe du bien qu'il pretendoit. Donc pour plus aſſeurement deſcouurir la
verité, monte à cheual, accompagné ſeulement de deux
pages & d'vn Eſcuyer, deliberant en ceſt equipage
viſiter ſa dame, & pour executer ſon vouloir prend le
chemin du chaſteau où fut aduerty qu'à ce iour elle
eſtoit allée diſner en l'abaye. Or d'autant qu'il n'y auoit
fort loing, donne iuſque au lieu, auquel luy fut ſembla-
blement reſpondu que monſieur l'Abé et ma dame,
auec leur troupe eſtoient allez voler le perdreau, & diſner en vne petite foreſt qui eſtoit des deſpendances
de la religion. Vallor incontinent douta ce vol pres des
boys n'eſtant entreprins que pour voller ſur ſa terre :
mais pour telle preſumption ne delaiſſa pourſuyte,
& commença à vouloir deſcouurir ſur les champs par
tous endroitz afin de rencontrer ſa veuſue : ce qu'il fiſt

bien toſt apres, ſortant, le long d'un petit bois taillis, accompagnée de trois ou quatre damoyſelles, & monſieur
l'Abé tenoit vn Tiercelèt d'autour ſur le poing ioignant
ſa haquenée. Lequel aperceuant d'aſſez loing le Gentilhomme piquer au galop ſi bien monté et ſuyuy, se
trouua fort eſtonné d'vne tant ſoudaine ſurprinſe, eſtimant eſtre quelques bendes de Gentilzhommes alliez de
ma dame qui l'eſtoient venu eſpier pour luy faire un
bon tour, en ceſte opinion n'eſtant des plus aſſeurez ſe
retire, preſſant ſa mule auec les tallons à trauers la
campagne. Vallor.qui ne penſoit qu'à ioindre celle en
laquelle ſuyuant la douceur des faueurs paſſées, eſtimoit
faire rencontre du recueil accouſtumé, s'efforce d'approcher avec mil voltigemens & le bonnet au poing,
deſcend du cheual, puis le genoil en terre d'une humilité grande ſe preſente à elle, proferant telles parolles,
le vous ſupplie ma dame de vouloir excuſer celuy qui
tant long temps a eſté abſent de voſtre ſeruice, eſtant
certaine le moyen de ſi longue abſence n'auoir eſté
par deffaut aucun de la bonne volonté que ie vous
porte : mais la contrainte de mon honneur & le
ſeruice que ie dois à la charge qu'il a pleu à mon-
ſeigneur le Duc me donner, a eſté ſeule occaſion
de delaiſſer voſtre grandeur : à laquelle ie me ſens
tant redeuable que ie n'ay deſir de ſouſtenir ma vie,
ſi ce n'eſt pour m'employer entierement à vous obeyr
& complaire, comme voſtre perpetuel eſclaue : m'aſſeurant tant de la bonté et douceur dont maintesfois i'ay fait l'experience quant vous orrez reciter le
bien que i'ay receu en ceſte guerre par la faueur &
ſouuenir de voſtre bonne grace, cauſe d'un tel heur, ne

donnerez blafme au plus affectionné feruiteur que puiffiez choyfir en tout l'vniuers. Madame (fans faire grand
compte de ces propos) pique apres l'Abé appellant fes
gens. Le Gentilhomme Vallor fe voyant eftre fi froide-
ment receu, ne laiffe pour tout cela à faire careffe
& baifer toutes fes damoyfelles, puis foudain monte à
cheual pour fuyure leur maiftreffe, & en continuant
d'vne fort honnefte grace fes propos, difoit : Comment
ma dame eft ce feinte ou verité qu'auez enuye de me
tenir vne telle rigueur? Il me femble que l'experience
de tant de grandz feruices qu'en voftre faueur i'ay
accompliz, doyuent rendre voftre cœur affeuré de l'interieur du mien : finon qu'ayez volonté (continuant
telle rudeffe non meritée) me faire perdre l'entendement, & tout le bien que i'ay iamais aquis en vous
obeyffant. Nauez-vous autre contenance qu'à me fafcher? dift la dame : ainfi eft, le taire me fera autant
ou plus aggreable que de tant prefcher. Et comme le
Gentilhomme cuydoit repliquer, monfieur l'Abé vn peu
remis de fa foudaine peur s'approche, & fait vn gracieux racueil au Gentilhomme Vallor, en faifant mil difcours de la chaffe, et entre autre luy dift, Que diriez
vous de ma dame, qui s'eft fubmife iufques à vifiter
fon pauure moyne, & prendre la patience du traicte-
ment de religion? Cela (refpond le Gentilhomme) pro-
cede de fa bonté liberalle, fe rendant tant gracieufe
enuers toutes perfonnes que beaucoup fe reffentent de
fon honnefteté, de cette façon deuifans approchent
l'Abaye, à la porte de laquelle le Gentilhomme Vallor
fort gracieufement voulut prendre congé, mais l'Abé
faifant le courroucé commence à dire : Comment mon-

fieur me ferez-vous cefte honte eftant fi pres du logis
d'habandonner ma dame, fans luy vouloir tenir compagnie? Combien que le feigneur Vallor congneut facilement fa bouche dire autre chofe que le cœur ne vouloit, toutesfois ne fe fift plus longuement prier de
demeurer, et retint feulement pour fon feruice vn page,
le refte de fa troupe l'enuoya loger en la ville qui
n'eftoit fort loing de cefte religion. Ainfi le fouper preft
l'Abé tout au plus pres de ma dame fut bien feruy de
tous metz & viandes friandement accouftrées : Or
apres auoir efté bien repeuz, & le cerueau efchauffé
d'vne infinité de bons vins, commença monfieur le
reuerend à dire motz nouueaux, en s'adreffant au Gentilhomme par telles paroles : Sus, monfieur reueillez
vous, il femble que foyez tout penfif. Vallor fafché
d'auoir efté furprins & defcouuert en fes penfées par vn
moyne, le plus couuertement qu'il peuft luy refpond :
Ie vous affeure monfieur n'auoir autre penfement finon
qu'à me deffendre de tant de viandes qui affaillent mon
appetit. Ie n'en croy rien, recharge l'Abé, par ce que
voftre vifage monftre vn penser fort profond : au moins
contez à ma dame des nouuelles de la guerre, & ne
faiftes pas à la mode de beaucoup d'autres qui font
profeffion des armes. Que font ilz? demande le Gentilhomme. En me donnant affeurance de n'eftre mal
content (auffi foubz le congé de ma dame) i'en diray la
verité. Alors ma dame fort contente de ouyr ainfi
parler le reuerend, l'auertit fecrettement de fon pied
afin de luy donner plus grande hardieffe, au moyen
dequoy l'Abé fouftenu de cefte faueur commence à dire:
Vous autres Gentilzhommes fuyuans la cour auez vne

couſtume qu vous eſt fort famiłiere, et par laquelle
ſçauez ſi ſubtilement tromper la delicate ieuneſſe de
toutes les damoyſelles qui preſtent l'oreille à vne infinité
de flatteries & menſonges que propoſez ordinairement
en leur preſentant voſtre ſeruice d'un viſage paſſionné
& fardé de ſainte affection, que ſans pouuoir eſchapper
tant de pourſuytes importunes, emportez de l'vne vn
bracelet, de l'autre vn mouchouer, ou autre faueur,
laquelle eſt portée & mise en lumiere ſur les rancz, en
tournois ou batailles : au retour deſquelles fainctes
& ſimulées amytiez ſe preſentent en auant : perſuadant
à l'vne : l'ay porté voſtre gage à l'entrée de la breche
& prinſe d'vn tel chaſteau : puis à l'autre voſtre faueur
en vne eſcarmouche furieuſe, m'a augmenté tellement le
cœur de bien faire que le ſouuenir de vous a eſté cauſe
que ſuis eſchappé de mil dangers. Ainſi non contens d'en
abuſer vne, en trompez pluſieurs, tant eſt veritable en
vous autres l'amour qui doit eſtre de ſoymeſmes ferme,
ſtable, & loyal : puis vn herault corrompu par argent
porte vn meſchant bout de lance à vne damoyſelle, luy
faiſant croire : monſieur a emporté le prix du tournoy.
Helas pauures damoyſelles ie vous plaintz beaucoup
d'eſtre ainſi malicieuſement abuſées. Ma dame, entendant tout ce diſcours, fut merueilleuſement ayſe de
voir de ceſte grace manier le pauure Vallor, & le regardant d'vn œil à demy ouuert luy demanda ſi ces
propos eſtoient veritables. Le Gentilhomme ſe ſentant
chatouillé de ſi pres fut faſché de ſentir de telle façon
piquer les Gentilzhommes, & comme celuy auquel le
fait touchoit, commence à reſpondre. Monſieur vous
auez viuement attaint ceux deſquelz eſtes indigne de

parler, que fi ce n'eftoit la grandeur de l'eftat auquel
vous eftes, ie vous tiendrois autre langage : mais pour
cefte fois ferai fi patient que de me taire. L'ypocras
& les bons vins avoyent tellement enfumé le cerueau du
moyne, fentant la guerre continuelle que lui faisoient
les piedz de cefte veufue, afin de plus en plus mettre
aux alteres le Gentilhomme Vallor, qu'il commença à
efchauffer fa colere par femblables termes. Monfieur
de Vallor ie ne fuis Capitaine, lieutenant, ne homme
d'armes, mais vn pauure fimple religieux, ayant toutesfois le cœur fi bon que s'il y a homme qui vueille maintenir le contraire ie luy prefente pour le combat la
lucte du corps et des bras. Seroit il poffible (dift ma
dame) qu'auez volonté de maintenir cefte querelle? Ma
dame (replique l'Abé) au pis aller ie ne puis que
tomber, efperant par le moyen du droit et de la verité
tant apparente en venir à mon honneur. Sus y a il
homme de tous meffieurs les bataillans qui fe prefente? alors la veufue à qui le ieu plaifoit, appelle le
Gentilhomme Vallor luy demandant : Comment eft ce
l'affection que vous portez aux dames & la querelle
dont vous vantez vouloir fouftenir toute la nobleffe. Faut
il que celuy qui s'eft trouué en tant d'affaires, & veut
tenir le reng des plus vaillanz reffufe maintenant de
prefenter le corps à vn foyble moyne? Certainement fi
le faites ie fçay l'opinion mauuaife que ie dois auoir de
vous outre le recit qu'en pourray faire par cy apres. Le
pauure Vallor fe voyant ainfi piqué de tous coftez cuyda
creuer de defpit : toutesfois voulant monftrer son cœur
iusques au bout, obeyffant à l'amour, s'oublia tant qu'il
offrit de complaire à ma dame : laquelle ayant experi-

menté les forces des deux, tout foudain le meine au preau
de l'Abaye, où la fraifcheur (veu la chaleur de l'efté qui
pour lors eftoit vehemente) par le cours d'vne fontaine
enuironnée d'vne infinité d'arbriffeaux, eftoit fi plaifante
& fi amyable, qu'en ce gracieux feiour pour accomplir fon paffetemps fceut fi bien pallier fa moquerie
qu'elle fift defpouiller fes champions. L'Abé ayfe du
combat fe met à genoux deuant ma dame, la fuppliant
(d'vne face riante) auoir fa perfonne pour reçomman-
dée, enuers le Gentilhomme : qui furprins d'vne colere
ardante de fe voir ainfi moqué, vint incontinent faifir le
moyne, homme grand de corps, et gros de membres :
le feigneur Vallor au contraire, allegre & difpoft (fe
fentant toutesfois encores du trauail fort longuement
fouffert à la guerre) de forte qu'il n'euft pluftoft prefenté les iambes contre celles de l'Abé que luy (qui eftoit
fait à la lufte & puiffant) entrelaffe tellement la iambe
du pauure Gentilhomme qu'il le renuerfe en vn inftant
les iambes contremont. Dieu fçait fi ma dame eut
aggreable cefte cheute, qui ne fut fans extremement
rire, & donner tant d'attaintes au pauure Vallor eftendu
fur l'herbe qu'il cuyda vif enrager. L'Abé comme tranfporté de ioye tout gay, commence à dire. Il me femble,
ma dame, qu'vn deuoir fi. brauement executé doit
rendre affeuré tefmoignage que i'ayme mieux & plus
parfaitement qu'homme du monde, car ie n'ay fait
effort en cefte lufte qu'à la faueur des dames, afin de
monftrer l'amour que ie porte à celle qui a puiffance
de commander eftre plus entier & loyal que celuy de
Vallor : ce que voulant nyer ie fuis preft pour la
feconde fois de luy prefenter le corps. Vallor fafché

outre mefure replique : Si la façon et l'equipage auquel
vn Gentilhomme doit & peut combattre m'eftoit prefenté, affeurément ie me eftimerois malheureux & indigne de porter iamais armes en le refufant : mais
celuy par lequel penfez tenir la victoire acquife, m'eft
plus honteux en gaignant qu'au reffuz que i'en fais.
Vous le dites, dift la vefue, ce font les excufes d'vn
lafche et d effailly Cheualier : car fi par l'infortune de
la guerre en bataillant defailloyent voz armes ne feriez
vous pas contraint combattre du corps et des bras? le
cognois ma dame qu'il n'eft excufe tant foit raifonnable
qui vous puiffe defmouuoir de voftre volonté ou de
l'enuie qu'auez de me faire fouffrir fans iufte occafion
vn tourment infupportable. Sur ces propos (comme par
defpit) recommenca la lucte à la rencontre de laquelle
cuyda monfieur l'Abé tomber, mais comme celuy qui
eftoit maffif & lourd à manier tint ferme, vfant d'une
ruze fi violente qu'il vous couche le Gentilhomme tout
au milieu du pré. Ne faut demander s'il fuft fafché en
fon cœur ayant receu vne honte fi grande à la pourfuyte de la dame du monde que plus il auoit defiré
feruir. Adonc foudain (tenant pour tout certain ce
qu'il auoit trop longuement douté) delibera d'vne penfée
couuerte pluftoft mourir de mil mortz que d'oublier vn
tel outrage. Ainfi couurant au plus fecret de fon interieur la vengeance qu'il defiroit faire, d'vn vifage ioyeux
et content par fainte, louoit la force & dexterité de
l'Abé, qui fift apporter la collation fur l'herbe pour
refraichir les combattants. D'auantage afin de gratifier
& radoucir la colere du Gentilhomme Vallor vfa de
telles parolles. Monfieur, par raifon deuez excufer l'inci-

uilité de nous autres moynes, & me faire ceſte grace
de ne prendre en mauuaiſe part ce qui a eſté fait par
maniere de ieu : vous aſſeurant eſtre tellement voſtre
que ſi auez affaire d'argent, i'ay dix mil eſcuz dont pouuez
diſpoſer ſelon voſtre plaiſir, eſtant certain qu'en meilleur endroit ne les ſçaurois preſenter. Monſieur, reſpond
le Gentilhomme, ie vous remercie bien humblement
de l'offre que me faites d'vne ſi liberale et parfaite
volonté, car ie ne demande autre recompenſe du tort
qu'ay ſouffert, ſinon pour la ſatisfaſttion que i'en deſire,
dimanche prochain me faciez tant d'honneur de venir
diſner auec ma dame en mon petit logis. Vrayement il
feroit plain de mauuaiſe grace qui refuſeroit vne
requeſte tant honneſte. Ainſi ſe tournant l'Abé vers ceſte
veuſue luy diſt : l'ay fait vn accord auec monſieur de
Vallor, duquel ne penſe eſtre refuſé, c'eſt d'aller
dimanche diſner en ſa maiſon: Ma dame qui ſe cuydoit
excuſer, fut ſi fort preſſée que honneſtement n'oſa deſ-
dire la promeſſe, qui ne fut touteffois confirmée ſans
longue importunité : donc apres auoir accordé d'y
aller, commanda tirer ſa liſtiere, en laquelle montée,
tant que muletz pouuoyent aller, ſe retira en ſon
chaſteau : où le Gentilhomme l'ayant conduiſte d'vne
façon fort gratieuſe print congé d'elle, & s'en alla coucher en la ville pour l'execution de la vengeance, qu'il
ne pouuoit plus longuement differer. Or pour paruenir
à ce but fiſt de tous coſtez chercher vn harnois de la
corpulence & grandeur de l'Abé : à quoy fut fait telle
diligence que par le moyen de ſon hoſte il en recouura
vn ſelon ſa fantaſie complet, bien doré et graué qu'vn
riche bourgois gardoit par ſinguliarité, lequel ayant payé

au double, pour l'execution de fon entreprife, le fift
porter en fon chafteau, & pendre en fa falle, tout au
plus pres du fien. Le iour donc venu, que ma dame
& monfieur le reuerend deuoit arriuer : Vallor brauement
monté, fort au deuant, trauerfant la campagne pour
les rencontrer, de fait ne cheuaucha fi loing que fou-
dainement ne defcouurift le moyne fon froc en efcharpe
ioignant ma dame, de luy foigneufement entretenue,
& auffi toft qu'il apperçoit le Gentilhomme, s'efcrie : à
tout le moins i'ay tenu ma promeffe. Le Seigneur de
Vallor leur donnant le bon iour, accompagné d'vn gracieux racueil, refpond : le me fens bien heureux de voir
vne fi parfaite troupe : mais ie fuis en peine comment
pourrez prendre la patience du traiétement : auez vous
point defieuné? Ouy (dift ma dame) l'ypocras blanc
auecq' la roftie nous a bien armez pour feruir de
defence contre la fraifcheur du matin. Et continuant
ces propos (tenuz feulement pour donner au Gentilhomme attainte de mocquerie (entrerent en fon
chafteau, puis en vne falle fort richement parée, où
tout foudain (comme en maifon qui eftoit honorablement seruie) fut la table diligemment couuerte, l'Abé
mis au haut & ma dame aupres, tant bien traiétez de
vins & toutes fortes de viandes defguifées, qu'vn chacun
s'efforça d'abatre la faim qui les preffoit. A quoy fur
tout monfieur l'Abé fift fi bien fon deuoir qu'eftent d'vn
fang chauld & fubtil qui volontiers fe changeoit des
premiers, commença à vouloir picquer fon hofte,
adréffant toufiours fes propos à ma dame qui y prenoit fort grand plaifir : & pour chercher plus propre
occafion, ieétant fes yeux en hault, va dire : Voyla

deux beaux harnois, mais l'vn eſt beaucoup plus grand
que l'autre, qui ſemble auoir ſeruy à vn homme de ma
taille. Ie vous aſſeure, monſieur (reſpond le Gentilhomme) le petit eſtre le mien, & le plus grand eſt de
feu mon pere : toutesfois ſi me voulez faire l'honneur
de le prendre en pur don, ie le vous preſente de bien
bon cœur : car ie n'ay veu homme à qui il ſoit mieux
ſeant qu'à vous, & duquel auſſi ie puiſſe receuoir du
plus grand contentement de voir armé pour la memoire
recente que i'auois de celuy qui m'a mis ſur terre.
L'Abé pour l'arrouſement du bon vin, enflé d'orgueil,
replique : Ie ſuis aſſeuré pour le moins d'auoir les
eſpaules & reins auſſi fermes que vous pour le porter.
Incontinent le varlet de chambre du Seigneur Vallor
(ayant le ſigne de ſon maiſtre) deſcend ce harnois, le
met ſur deux treteaux pres de la table. Le moyne
regardant ma dame qui ſe ſourioit luy diſt : ce ſeroit
mal fait de refuſer vn ſi magnifique preſent : & pour
monſtrer qu'il m'eſt aggreable oſtons tout cecy, afin
d'eſſayer ſi le don me fera propre. Le Gentilhomme
cognoiſſant le moyne de luymeſmes ſe mettre aux filetz,
prend ſoudain des eguillettes, vn poinçon, & vous
arme de toutes pieces le reuerend : Il ne fut pas ma
dame qui n'aydaſt à tout, prenant vn grand plaiſir à
regarder ſon champion : lequel faiſant de grandes &
braues deſmarches par toute la ſale, diſoit. Que dites
vous de ce moyne ? telz moynes, reſpond ma
dame, ſont bien clers ſemez. Puis l'Abé continuant ſes
brauades : que n'ay-ie maintenant vne hache pour
combattre et froter mes amoureux. Apres pluſieurs
tours faictz commence à ſe faſcher, & plaindre de la

pefantèur des armes, auffi pour n'eftre accouftumé de
porter fardeau plus pefant que fon froc, vouloit à toutes
forces eftre defarmé. Mais le Gentilhomme paruenu au
but de fon efperance, luy tint ces propos : Vous abufez
bien fort monfieur, de penfer gaigner un tel prefent fi
à voftre ayfe : car il fault premierement vaincre auant
que d'emporter le butin. Sur ces difputes, feruiteurs en
pourpoint, qui en toute diligence arment le feigneur
Vallor. Quand madame le vid armer (comme celle qui
auoit peur du malheur qui auint) toute troublée s'ef-
cria : Comment Vallor, voulez vous en ma prefence
faire l'acte d'vn des plus lafches & couardz Cheualiers
qui viue en combatant vn Abé? Ma dame (refpond le
Gentilhomme) puis qu'auez eu cefte patience pour la
fatisfaction de voftre plaifir paffé, d'eftre iuge d'vne
honteufe lucte que m'auez faict souffrir pour le dernier
bien qu'à tout iamais i'efpere d'vne fi ingrate femme
telle que vous eftes, faictes moy cefte faueur, de iuger
de la vengeance qui s'aprefte contre celuy que tant
vous eftimez, & duquel auez préferé le vil et laffif contentement au loyal et continuel seruice qu'en toute ma
vie ie vous ay faict. Ma dame qui vouloit defarmer l'Abé,
& empefcher le combat à fon pouuoir, eft repouffée fi
rudement de Vallor qu'il la cuyda renuerfer par terre,
fi elle n'euft efté fouftenuë par fes Damoyfelles, & de
crainte qu'on n'empefchaft fon entreprife, entrant en
colere prononça telles paroles : S'il y a homme ne
femme qui bouge de fa place, ie iure celuy qui
m'a faict & formé, qu'au premier coup ie luy feray
perdre la vie : puis regardant ma dame, difoit : dictes
maintenant à voftre cheuaucheur d'efcuyrie qu'il ne me

pique à la rigueur, & fe tournant à l'endroit de l'Abé
s'approche tout au plus pres, luy faifant prefenter vne
hache, l'appelle : monfieur le reuerend voyla les armes
qu'auez demandé : voyons fi à les manier eftes auffi
adroit qu'à fauter en vn pré. Ha a monfieur, refpond
l'Abé, impoffible m'eft de remuer les bras ainfi chargé
comme ie fuis. Ie iure Dieu (replique le feigneur Vallor)
puis que lucter m'auez fait à voftre mode par deux fois,
pour l'honneur de voz amours, qu'à la faueur des
miennes lucterez à la façon que i'ay apprins des ma
ieunesse, & n'y vault excufe. Ayant finy la courte
harengue, enflé d'vn merueilleux defpit pour la mocquerie foufferte à la lucte, abat fa vifiere, faifant au
mefme inftant abattre celle de l'abé : lequel voyant
approcher celuy qui au marcher monftroit ne le vouloir
flatter, fe mift en effort de ioindre le premier, hauffant
la hache d'vne telle furie & force que veu la puiffante
maffe, & grandeur du corps qui luy donnoit grand
auantage, fi le coup euft porté à plomb, le pauure
Vallor eftoit au danger de la mort : mais comme homme
(qui fçauoit fouftenir telz & plus pefantz coups) fi dextrement gauchift & le fouftint qu'il ne l'offença nullement & demarchant à cofté donna au pauure Abé vn
coup fi facheux fur l'oreille droicte que les yeux luy
eftincellerent en la tefte, demeurant tellement eftourdy,
d'vne fi eftrange attainte qu'il ne pouuoit recognoiftre le
Gentilhomme : lequel (redoublant fes coups fans inter-
ualle) le chatoüilla fi viuement qu'ayant le moyne perdu
force, cœur, & iugement (cuydant fe fauuer entre les
damoifelles, tomba de telle grace, qu'à la cheutte euf-
siez penfé le planché deuoir fondre. Toutesfois (pour

fe voir au peril de la mort) n'oublia à mains ioinctes de
crier : Helas Seigneur Vallor pardonnez au pauure
Abé, à tout le moins ayez fouuenance de l'ordre que ie
tiens, & du maiftre que ie fers. Le Gentilhomme oultré
de colere le vouloit maffacrer, mais remettant en
memoire le tort qu'il fe faifoit, le danger auffi, auquel
pourroit tomber par l'effect d'un tel meurtre, refrodit
vn peu fon courage, & hauffant la vifiere du reverend,
parla à luy en ces termes : Puis que la malheureufe fortune m'a efté tant contraire qu'à l'occafion de toy vil
fatyre i'endure la perte d'vn bien que fi iuftement
i'auois acquis en la perfonne dont tu es la feule feparation, & afin qu'à iamais il te fouuienne des iniures
que tu m'as tant de fois proferées, moindre chaftiment
ne peuz receuoir que d'vn menteur, & mal difant.
Telles parolles finies luy tire la langue, & la luy perfe
tout au trauers. Ainfi l'Abé marqué pour eftre cogneu,
demeura comme mort au milieu de la place. Le feigneur de Vallor (apres s'eftre faict defarmer) vint
trouuer ma dame toute efplorée aupres du banc,
de laquelle pour prendre le dernier congé, commença
telle harangue. Adieu vile & habandonnée dame, en
laquelle i'ay defcouuert la fource de toute defloyauté,
dont ie pourray porter affeuré tefmoignage par tous les
lieux où le credit me fera donné de parler : faifant
cognoiftre combien de temps & à tort, tu as fi longuement emprunté le nom d'vne fage & vertueufe femme
en viuant foubz la garde & conduite d'vn vieil bouc de
moyne. Les pauures Damoyfelles (qui s'eftoient de
crainte retirées en vn coin de la falle) viennent vers la
defolée dame & le plus doucement qu'ilz peurent (fon

equipage preft) l'emmenerent en fon chafteau. Le pauure Abé bien malade fut porté par fes moynes en fon
Abaye : où tant de frayeur, que de coups receuz fur le
plus haut de fa couronne, faifi d'une fieure continue
habandonna le monde, fa dame, & fa croce. Le feigneur Vallor, comme homme de grand credit & authorité (qui auoit facilement l'oreille de fon maiftre) obtint
l'Abaye vacante pour l'vn de fes parens, faifant trouuer
l'effet de fon entreprinfe fi iufte & raifonnable au Duc
qu'on n'en fift iamais pourfuyte, fors au defhonneur &
grand regret de ma dame : qui le refte de fes iours ne
peut auoir autre fupport ne fatisfaction finon de viure
feule retirée en continuel defplaifir pour le bruit d'vne
telle hyftoire, qui offença tant longuement les oreilles
des plus grans qu'au Gentilhomme en demeura la feule
louenge, à elle vne moquerie & honte perpetuelle. ·

Il FAVT, mes dames, que celles qui veulent aymer
ou iouïr ayment, non tant pour la iouiffance qu'afin
d'accomplyr ce qui eft permis de Dieu par le lyen du
mariage : mais fe trouuant empefchement contraire
pour l'execution d'vn fi grand bien, & inuoquant la
faueur de celuy qui tout gouuerne, on doit maiftrifer
fes paffions, & oublier ce vouloir terreftre du corps,
pour f'adonner au contentement feul de l'efprit, fuyuant
l'amour honnefte, lequel comme parfaict hors de tout
foupçon & concupifcence, rendra vn chacun victorieux
du cœur, & aymé de vertu : par ce moyen feront les
fages plus contentes & fatisfaictes de la iouïffance de
l'interieur & parfait, que de l'exterieur imparfaict & corrompu, qui eft preferer la chofe viue & permanente
à la morte & non durable. A quoy on fe doit efforcer

II.   ·   1 3

de paruenir, afin qu'eſtans deſpouillez de ſi malheureux
enchantemens qui offencent les cœurs des plus grandes
on demeure en repos, gardant curieuſement l'honneur,
lequel vne fois bleſſé à iamais ſe rend la playe incu-
rable.

COMPTE XLVI.

L'Esprit de l'homme mal inſtruit & trop habandonné en la vaine richeſſe du monde, l'auarice qui l'aueugle engendre vne infinité de diſcours tant deprauez : que ſi bon ſens ne domine, ſans quelque rempart de raiſon qui defende les entrepriſes propoſées par la ſenſualité terreſtre, la conuoitiſe qui plaiſt faiô ſouuent entreprendre tant de choſes ſoubz eſperance d'vn petit gaing, qu'à la fin touſiours en amaſſe plus de perte que de proffit.

N vne bourgade pres Alençon demeuroit vn pitaut, qui de ſes vſures & petiz proffiz ſecretz auoit ſi finement remué les biens de ceux du village que des plus mal auiſez & rudes d'entendement auoit amaſſé en heritages & deniers contens grandes richeſſes ſur ſon vieil áage : d'autant croiſſoient ſes biens, plus eſtoit enuieux de chercher inuentions nouuelles pour augmenter ſon monceau. Or pour autant que ſes iambes ne le pouuoient porter aux marchez & foires pour continuer ſes petites traffiques, ſ'auiſa qu'il auoit vn ſeul fils, duquel facilement ſ'ayderoit en telz affaires, mais au moyen du grand bruyt de ſes vſures qu'il auoit continuées de ſi longue main, auerty qu'on pourchaſſoit à luy faire ſon proces ſur les plaintes des bonnes gens du païs, enuoia ſon heritier eſtudier à Paris, luy faiſant incontinent apres prendre les ordres de preſtriſe, & afin de ſauuer ſes heritages, & euiter le danger d'vne

●nuyeuſe confiſcation, fiſt baſtir vne chapelle pour la
fondation de laquelle y donna entierement tous ſes
biens, en ordonnant ſon filz pour chapelain d'icelle :
par ceſte ruze les perſonnes qui pourſuyuoient la
punition du viellart, ayans perdu la commodité de
pouuoir accrocher ſes terres, perdirent auſſi l'enuie de
la pourſuyte. Ainſi le paiſant en repos ſur la fin de ſes
iours, & preſt à rendre l'ame, delaiſſa quelques eſcuz
contentz au chapelain ſon ſeul heritier, & pour le
plaiſir qu'il auoit eu à la multiplication de ſes deniers
(comme s'il euſt deu apres ſa mort reſentir le proffit
qui en viendroit) luy enchargea par teſtament de
continuer ſes vſures auec les enſeignemens propres au
meſtier. Monſieur le chapelain, qui ne vouloit dege-
nerer à la nobleſſe de ſon pere, apres ſa mort remua
ſi bien la banque en faueur de ſon argent, qu'en
bruſlant d'vne extreme auarice bailloit les poulles aux
plus pauures, à la charge que de cinq œufz il en auroit
vn & ne ſe contenta de telz petitz proffiz, mais pour
ſentir la friandiſe des plus grandz preſtoit aux gens
d'Egliſe & Gentilz-hommes à vſure exceſſiue & mani-
feſte : de ſorte qu'il ſe trouua vne grande multitude de
perſonnes eſcrites en ſes papiers. Entre leſquelles vn
affamé Prothonotaire enuieux du proffit de la chapelle,
& pour gaigner le contenu de ſon obligation, fiſt ſecretes
informations qui furent preſentées en iuſtice, où tant
fut procedé que le chapelain ſe voyant chicané (de
crainte d'auoir pis) auec le reſte de ſes deniers en l'habit
d'vn marchand abandonna le païs. Or pour ce qu'il
auoit entendu pluſieurs fois qu'à Rome vn tel meſnage
eſtoit fort familier & continuellement entretenu, ſoubz

efperance d'y viure le refte de fes iours print le chemin
des montaignes, entre lefquelles pour l'incommodité du
temps, des neiges & froidures, fut tellement malade
que par defcente d'vn catere qui luy tomba fur les
yeux en perdit l'un : toutesfois ne laiffa de continuer
fon voyage, ainfi arriuant à Milan, logea en vne hoftellerie où eftoit vne ieune garfe que l'hofte entretenoit
pour attirer les paffans en fa maifon, qui eftoit femme
fine affettée, & d'affez paffable beauté. Le chapelain
borgne qui ne voyoit gueres clair de l'autre œil, n'ayant
auffi accouftumé de voir telles ymages en fa chappelle,
fut incontinent touché d'une enuie naturelle de la fouhaiter & ioindre. Apres donc s'eftre defboté, montoit
& defcendoit fi fouuent pour trouuer moyen de regarder
cefte feruante, que par fon inconftance elle defcouurit
foudain la maladie du compagnon : pourquoy comme
bien aduifée luy faifoit vn recueil tant gracieux auecq'
les façons & appaftz propres pour efchauffer vn cœur
le plus froid du monde, à la pourfuyte amoureufe, de
forte qu'en cefte ruzée contenance le fceut tellement
manier qu'au lieu de paffer outre, demeura l'efpace de
quatre ou cinq iours en l'hoftelle ie, fans autre chofe
faire qu'à gouuerner fes nou ie'les paffions, qui furent
fi viues & poignantes, qu'il ne fe peuft garder de luy
parler du fol amour auec vn langage corrompu de
quelques motz Italiens entremeflez du naturel de fon
village. Cefte courtifanne cognoiffant la fottife du perfonnage (comme celle qui fçauoit parler & fimuler)
ioüa fi bien fon rolle qu'elle luy perfuada eftre la fille
de l'hofte, remonftrant n'eftre la façon de tenir propos
tant eftranges à filles honnêtes & de maifon, fi ce

n'eftoit en faueur de mariage, & que de luy qui eftoit
incogneu, on ne fçauoit fes biens ou richeffes, ne le
lieu d'où il eftoit venu. Le pauure marchand, ayant
perdu le fens & entendement, au moyen de l'amour de
cefte fille, commence à f'excufer, & confeffa franchement n'auoir autre intention que de l'efpoufer, fi fon
pere luy vouloit faire la faueur de le receuoir pour
gendre : & de crainte qu'on ne l'eftimaft indigne d'y
paruenir, monftre fa bougette de laquelle tire à defcouuert deux mil efcuz : dont bailla content cinq cens
à cefte fille pour les porter à l'hofte, que affeurement
croyoit eftre fon pere, afin de le perfuader à la perfection du mariage, ce qui fut fait le lendemain, fans
plus longuement attendre. Car l'hofte aduerty par cefte
garfe du marchand prins au filet, ayda fi bien à conduire l'entreprinfe que le chappelain fut doucement
marié. Le bon fut la nuict des nopces, ainfi que monfieur commençoit fon plaifir trouua le chemin tant
facile & fans aucune refiftence qu'il ne fe peut garder
de luy dire : comment mamye, ie ne fçay que penfer :
mais ie prefume qu'auez faict vne grande playe à voftre
honneur, d'auoir longtemps a perdu voftre pucellage.
Incontinent luy refpond fa femme : Comment ferois-ie
entiere veu que vous mefmes ne l'eftes pas, vous
auez perdu vn œil, & l'autre eft demeuré fort louche.
Celà (replique le marchand) m'eft aduenu par vne
maladie froide & defplaifante. Refpond la mariée, à
moy eft aduenu tout au contraire : car cefte playe m'a
efté faicte par la chaleur d'vn plaifir doux & gracieux.
En cefte forte le preftre marchand borgne & cocu ne
fceut autre chofe faire finon qu'auec fa courte honte &

la perte d'vne partie de fes efcuz habandonner fecrettement fa femme pour f'en aller à Rome, où depuis il
fut fi malheureux que en peu de temps par faute de
prudence & bonne conduicte perdit le refte de fon
argent & fa propre vie.

PAR CE compte, mes dames : fe doit iuger qu'vn
bien mal acquis peu ou rien du tout proffite : l'homme
auffi ne doit jamais eftre tant mal confeillé de f'affeurer
en la muable fortune, encores moins aux biens que
pour vn temps elle prefente, veu qu'à vn inftant fe
changent & perdent mefmes quand l'auarice maiftrife
l'entendement, car par ce vice on delaiffe toute perfection pour abufer des biens qui font diftribuez par la
grace du Seigneur, ce qu'on ne doit feulement fuyr :
mais fault d'auantage gouuerner toutes fes entreprinfes
par le vouloir de fa bonté, & non pas par le defir
extreme que la fenfualité propofe.

COMPTE XLVII.

Les faitz qui ont touſiours eſté accompagnez de vertu ſort racontez & mis en lumiere afin de leur accroiſtre nom d'immortalité par vne louenge honneſte & modeſte, qui ſert de recompenſe à ceux deſquelz ſort ſource ſi vertueuſe. Auſſi pour eſmouuoir & renforcer les cœurs foybles à garder & entretenir ceſte vertu (recommandée de Dieu & des hommes) eſt ſouuent neceſſaire de deſcrire l'yſſue d'vn fait executé ſans le iugement de raiſon pour prouoquer toutes perſonnes à fuyr les œuures vicieuſes & deſhonneſtes, qui ſont fondées ſur vn ie ne ſcay quel plaiſir, l'entrepriſe duquel (encores qu'au commencement ſemble facile) toutesfois rend ſi mauuaiſe recompenſe à ſon autheur, que quand on vient au repentir, alors le remede de chaſſer le danger où ſouuent on trebuſche ſe trouue du tout perdu.

s marches du pays d'Angleterre (au temps du Roy Henry dernier decedé) demouroit vn riche Cheualier, lequel auoit de ſa femme vne ſeule fille nommée Laurea, en l'aage de dixſept à dixhuyt ans, d'vne beauté tant excellente qu'il ſembloit nature ſ'eſtre efforcée d'en faire vn paragon, pour y confronter toutes les beautez du pays. Or comme celuy qui d'vne amour naturelle & filialle aymoit ceſte ieune Infante, ainſi le bon homme prenoit ſi grand plaiſir en ſa douceur, que de crainte d'eſloigner ſa fille delibera la marier à vn vieil milor ſon voyſin, perſonnage riche de biens & de ſçauoir, eſtimant qu'au moyen de ſon ancien aage il la

pourroit mieux traiter, auſſi qu'à l'occaſion de la proximité de ſes terres le pere ſur ſes vieux jours receuroit
d'elle plus continuelle conſolation. Mais amour (qui
auoit deſia prins poſſeſſion du milieu du cœur de ceſte
Infante) luy auoit bien mis ſa volonté & ſon affeċtion
loing des coſtez du vieillard, ayant aſſis toutes ſes penſées & l'execution d'icelles ſoubz la grace & addreſſe
d'vn ieune Gentilhomme, nommé le milor Barus, lequel
eſtoit ſi fort ſurprins de ſon amour qu'il ne ſentoit repos
ne bien quelconque, ſi ce n'eſtoit en voyant celle pour
le ſeruice de laquelle entierement deſiroit viure & mourir. Tellement que ces deux paſſionnez tant paſſerent
d'heures, & de iournées ſecretes à ſe donner à
cognoiſtre le ſecret de leurs priuez deſirs, qu'ilz ſe
trouuerent ſi vnis en vn cœur & ſemblable vouloir, que
le mal de ces deux amans ainſi pareil, ſembloit eſtre vn
tourment en vn meſme ſubiet. Mais le pere (qui pour
ſa vieilleſſe n'auoit retenu qu'vn long ſouuenir de
l'amoureuſe pointe) ne regardoit qu'à contenter ſes
vieilles affeċtions : empeſchant de tout ſon pouuoir la
frequentation amyable d'vn couple ſi parfait. Toutesfois
l'amour qui touſiours veille ſçauoit bien eſpier le temps
& la ſaiſon propre à leurs deſirs, que plus ſouuent
qu'il ne penſoit ſe paſſoient maintes heures, & la plus
part des nuitz en propos gracieux qui ſont ſouſpirer
& eſperer la conſommation d'vne amytié parfaite, regardans entre eux tous les moyens de pouuoir fuyr le feu
d'vn Cheualier ſi froid qu'eſtoit le vieil milor qu'on
preſentoit à Laurea : laquelle rien plus ne ſouhaitoit que
de ioindre par mariage celuy auquel elle eſtimoit ſon
aſſeuré contentement. Donc apres auoir entendu l'opi-

niaftre deliberation de fon pere (continuant toufiours
la volonté de la marier outre fon gré, & que le iour
eftoit ia conclud) delibera pluftoft fouffrir mil mortz que
de venir à tel effet, ou d'offencer la foy de fi long
temps promife à fon amy : pour la confirmation de
laquelle à l'inftant & fans plus attendre (auec vn gracieux & long baifer) promirent de fe garder la loyauté ·
qui pour iamais lye l'homme & la femme enfemble. Et
afin de venir à la confommation d'vn tel ouurage conclurent de partir au lendemain, pour fe retirer fecrettement en quelque lieu où ilz peuffent accomplir la folen-
nité de leur nopces. Les chofes ainfi preparées, le
milor Barus (accompagné de bon nombre de feruit-
teurs) n'oublia à l'heure arreftée de foy trouuer en bon
equipage de combatre fi par fortune fon embufche
eftoit defcouuerte : & trouuant fa dame prefte à partir,
la met incontinent en trouffe fur vn braue rouffin qu'il
cheuauchoit. Et pour euiter vne fuyte facheufe de trop
pres, ou bien en crainte d'eftre furprins & empefché
(comme vn homme douteux de perdre ce qu'à grand
peine il penfoit tenir) efcarta foudain tous fes gens çà
& là pour luy feruir d'efcorte, & defcouurir de tous
couftez. Or d'autant qu'il n'ofoit hafter fon cheual de
crainte au trauail d'offenfer fa dame (veu fa delicate
ieuneffe) fe mift feul au petit pas à trauers les champs,
fans tenir aucune voye ne fentier finon par auis de
pays, n'ayant grand foucy d'eftre fuyui des fiens. Ainfi
longuement cheuaucha à trauers boys & buyffons fans
trouuer lieu aucun de retraite, fors qu'en l'efpeffeur
d'vn petit boys apperceut vne maifon fur le pendant du
grand chemin qui marquoit eftre l'hoftellerie où les

paſſans auoient accouſtumé de loger. Le milor voulant
repaiſtre & laiſſer repoſer ſa dame, deſcend, & monte
en vne chambre haute, attendant que le diſner fuſt
preſt. De malheur y auoit quatre ruſtres bien armez en
la foreſt qui auoient veu entrer ce Gentilhomme accompagné ſeulement de ceſte ieune damoyſelle, laquelle au
regarder leur auoit ſemblé tant belle & de ſi bonne
grace qu'ilz eurent ſoudaine opinion eſtre la rencontre
d'vn mignon de ville, conduyſant ſa dame à l'eſbat. Et
comme ceux qui retournoient d'vne nopce (ayans le
ventre plein, & le cerueau troublé du moulx de Bachus)
ne demandoyent qu'à choquer ou faſcher le premier
trouué : tellement qu'en ceſte colere aborderent incontinent l'hoſte, luy demandant où eſtoit ceſte mignarde
n'agueres deſcendue en ſon logis qu'vn compagnon con-
duyſoit en croupe. Pourquoy la demandez vous ? reſpond
l'hoſte. Pource qu'auons volonté d'auoir ſa compagnie,
eſtant venue tout à propos, veu le meſtier duquel elle
faict profeſſion, pour nous donner du paſſetemps.
Comment, replique l'hoſte, ie croy aſſeurément que
vous eſtes hors du ſens & mal aduiſez : car celuy qui la
conduyt eſt nommé le milor Barus, & croy qu'elle ſoit
ſa parente, parquoy ie vous prie de paſſer outre, ſans
vouloir ſcandalizer ma maiſon de telz propoz : eſtant
bien certain que ſi le milor entend ces paroles qu'il en
viendra de la folie, le cognoiſſant homme de grand
cœur, qui ne voudroit ſouffrir vne ſeule iniure pour
mourir : Il y a d'autres lieux aſſez en la ville où vous
pouuez addreſſer. Ainſi ce bon hoſte s'efforçoit par tous
moyens de refroidir & appaiſer doucement l'entrepriſe
de ces ruſtres : mais la violence d'amour poulcée du vin

leur auoit tellement enuelopé l'entendement, que fans
auoir efgard à fes remonftrances, n'au danger de la
iuftice, continuerent toufiours ce vouloir outrageux
d'entrer par force en la maifon, iurans & blafphemans
le nom de Dieu fi on ne leur liuroit cefte infante, qu'ilz
romproient l'huys de la chambre où elle eftoit. L'hofte
incontinent faché de l'obftinée volonté de ces yurongnes,
auffi qu'à la longue ne pourroit diuertir l'effort de fi
vehemente colere, alla trouuer le Gentilhomme en fa
chambre, auquel declara l'eftrange menace de ces
paillardz, le priant de parler à eux gracieufement,
pource qu'il n'auoit peu trouuer le moyen de les adoucir. Le milor (comme bien apprins) d'vne condition fort
affable fe prefente à eux en leur demandant qu'ilz
cherchoient. Ces compagnons d'vne parole arrogante
& pleine de temerité, font refponce qu'ilz vouloient
auoir vne putain qu'il tenoit fecrettement cachée, &
qu'à tout le moins ne pouuoient que de iouyr du plaifir
apres luy. Comment meffieurs (replique le Gentilhomme) ie penfe affeurément que vous n'auez cognoiffance du lieu & maifon dont ie fuis, car difficilement
pourrez trouuer que iamais ie me foys accompagné
d'vne femme mal renommée, ayant efté nourry des ma
ieuneffe auec le Roy, depuis frequenté les armes, foubz
la conduite de fi braues Capitaines, qu'impoffible me
femble que n'ayez ouy parler de moy, & de ce vous
pourra rendre plus certain mon hofte qui eft prefent,
vous affermant en homme de bien la damoyfelle qui eft
fouz ma conduite m'eftre fi proche & extraite de telle
maifon que i'eftime tant voftre honnefteté, qu'au lieu
de luy vouloir faire vn feul defplaifir, ie croy pour

l'honneur de la grandeur de ſes parens vous me ferez
ceſte faueur de ne la point faſcher. Et ſi me voulez
faire ce bien de diſner auec moy vous pourrez voir ma
compagnie qui arriuera bien toſt en ce lieu, par laquelle
cognoiſtrez ſi d'vn ſeul poinct ie vous ay menty. Tous
ces propos pleins de douceur & honneſteté ne pouuoient nullement amortir la dureté des cœurs de ces
vilains, enuers leſquelz plus vſoit de parolles gracieuſes
le milor Barus, plus croiſſoit la deſeſperée rage de telz
maſtins. En luy diſant que le Gentilhomme duquel il
empruntoit le nom, n'auoit accouſtumé d'aller ainſi ſeul
& mal accompagné, & qu'il ne failloit tant parler
& conteſter : mais rendre franchement ceſte garce, ou
bien nonobſtant tout ſon effort, & en deſpit de luy ilz
l'enleueroient à coups d'eſpée. Le vertueux Barus oyant
parler de combattre, comme celuy qui ſ'eſtoit tant de
fois trouué aux aſſaux & batailles, cognoiſſant l'effrenée
volonté de ces yurongnes, combien que le combat fut
ineſgal de quatre contre vn, ne peuſt toutesfois contenir ſa colere deliberant pluſtoſt perdre la vie que de
laiſſer endommager ſa dame en la moindre partie de
ſon honneur, & pour courageuſement la deffendre,
gaigne incontiment ſa chambre : à l'entrée de laquelle
ſuyuy de ces quatre pendars bien embaſtonnez, commencerent de tous coſtez à aſſaillir le vaillant Barus :
lequel d'un courage incroyable & aſſeuré les combatit
ſi dextrement, qu'il les bleſſa tous & mit tellement en
fuyte, qu'en les pourſuyuant d'vne ardeur & ſoudaineté
trop viue, tomba par vne miſerable & fatale deſtinée
du haut de l'eſchalier fort eſtroit ſur la pointe de ſa
dague : ce qu'apperceuans l'vn de ces ruſtres (tournant

vifage) luy donne d'vne pertuyfanne au trauers du
corps : de forte qu'au mefme inftant demeura mort fur
la place, & fur l'heure enterrerent le pauure corps au
milieu du iardin de la maifon. Cefte piteufe execution
faite, les meurdriers montent incontinent comme loups
affamez à la chambre dé la belle Laurea : laquelle troublée de l'entrée & rude vifage de telz gens, commença
foudain à crier apres fon loyal feruiteur Barus. Ces
paillars voyans vn vifage tant plein de douceur enrichy
d'vne blancheur naiue, foubz couleur de quelque efpece
de pitié, s'efforcerent de la confoler. Mais elle qui feulement auoit accouftumé la compagnie des Gentilzhommes honneftes fe trouuant enuelopée de quatre
vilains, qui la tiroient l'vn d'vn cofté, l'autre de l'autre,
perfumez de vin, viande & mauuaife grace, ne refpon-
doit à nul de leurs propoz : de forte que reprenans
leur premiere colere, luy dirent (auec paroles pleines
de rudeffes) fon rufien auoir efté par eux mis à mort,
fans aucune efperance d'en pouuoir iamais receuoir
plaifir, qu'à cefte caufe elle fe deliberaft de leur faire
bonne chere. A ce piteux mot entendant la mort affeurée de fon amy, auec vn foufpir merueilleux & trenchant, fuffifant pour faire quafi partir vn cœur en deux,
cuyda au mefme inftant rendre l'ame : toutesfois
armant fon courage d'vne patience incroyable cuyde
s'excufer & s'ayder de fon pere, fes parens, & du
lieu qu'elle pouuoit tenir. Mais voyant la demefurée
concupifcence de ces yurongnes, qui ne receuoient nul-
les excufes raifonnables, efperant par la douceur de fes
parolles en gaigner mieux vn que les quatre enfemble,
les fupplia à ioinctes mains de luy faire cefte faueur, ce

pendant que l'vn deux feroit auec elle, qu'à tout le
moins les autres fortiffent de la chambre : ce que librement accorderent : ayant donc choyfi à fon iugement
le plus farouche pour l'adoucir, le premier, luy dift :
Monfieur, encores que ie fois captiue entre voz mains
comme voftre efclaue & prifonniere, fans qu'ayez aucune
cognoiffance de moy, toutesfois comme celuy duquel
depend l'entier fupport de ma vie, ie vous fupplie d'vne
liberale & franche volonté, prendre commiferation de
cefte defolée dame, luy gardant qu'à iamais vous fera
eftimer entre tous les plus grandz, ou au contraire perdant à voftre feule occafion mon honneur outre le petit
gaing qu'en receurez quand vous penferez en voftre
confcience le peu de plaifir qu'aurez d'auoir rendu vne
dame de telle maifon en l'eftat defhonnefte duquel me
pouuez garantir, auffi qu'vn fait tant outrageux à iamais
fera pourfuyuy par les miens iufques au bout pour en
auoir vengeance, celà vous doit mettre vne raifon fi
vifue deuant les yeux (me cognoiffant fille d'vn tel
milor) que fi vous gardez l'honneur duquel fans violence ne pouuez difpofer, vous ayant choyfi pour le
plus capable, & à mon iugement celuy par qui i'efpere
eftre mife hors de tout danger, la recompenfe fera
beaucoup plus grande enuers Dieu & le monde que ne
fçauroit eftre aggreable l'accompliffement d'vn fi malheureux & deteftable defir. Ces propos accompagnez
d'vne infinité de pleurs eurent telle vigueur enuers ce
barbare eftant pouffé d'vne raifon naturelle (comme
perfonnage ayant bonne cognoiffance de fa maifon)
delibera fe departir de l'entreprinfe, ainfi d'vn vifage
affeuré, met la main aux armes pour venir à l'encontre

de ſes compagnons, leſquelz faſchez de ſi longues
harengues heurtoyent à la porte pour entrer, criant
apres luy d'auoir eſté trop longtemps en ſes affaires.
Mais le ſeigneur qui ſouuent contemple les pecheurs de
ſon œil de miſericorde, & les ayde touſiours au beſoing,
regarda ceſte deſconfortée dame en pitié : par ce
qu'ainſi que le ſeul eſtoit preſt de combatre contre les
trois, les varletz du milor Barus (qui de tous coſtez
cherchoyent leur maiſtre) de fortune arriuerent au
meſmes lieu où ſoudain auertis par l'hoſte de la piteuſe
nouuelle de leur ſeigneur, comme loyaux & bons ſerui-
teurs ſaiſirent par force ces quatre paillardz qui furent
mis & liurez entre les mains de la iuſtice, dont fut faite
ſi cruelle execution qu'elle ſeruit de memorable exemple. La pauvre Laurea renduë en la maiſon de ſon pere,
voyant le ſcandale & ſoupçon qui pouuoit offenſer ſa
reputation, touchée d'vn merueilleux deſplaiſir, tant
pour le mauuais viſage que luy faiſoyent ſes parens,
qu'au moyen du regret perpetuel qu'elle faiſoit de la
perte du Gentilhomme aymé, par la mort duquel eſtimoit ſa vie malheureuſe, delibera de ne ſe mettre iamais
en ſubieſtion de mary, ſecretement vn iour ſe deſroba,
& ſe rendit nonnain voylée, où contre le vouloir de ſon
vieil pere (quelques requeſtes qu'on luy peuſt faire) vſa
en vne merueilleuſe auſterité le reſte de ſes iours.

Iɪ Nɪ ꜱçᴀʏ, mes dames, comment il y a des perſonnes tant aueuglées & hors de raiſon qui ſe deſuoyent
de la fuyte du ſeur chemin, pour tomber en la fange ſi
auant, qu'à grand peine ſ'en peuuent retirer : ſinon
qu'vne telle folie prouient par la faute ordinaire de ceux
qui ſ'abandonnent trop facilement aux plaiſirs preſentez

de la chair : pour lefquelz fuyr le fouuerain remede eft
quand on f'enuelope aux voluptez mondaines, de fagement regarder ce que lon defire, & l'iffuë des fottes
affeétions : afin qu'ayans Dieu pour conduéteur, à
l'heure que deuons eftre appellez (comme eftant du
tout incertaine) par cefte grace foyons remis en la
cognoiffance certaine du vray fentier : de crainte qu'en
trebuchant trop lourdement on ne fe trouue furpris
d'vne foudaine mort.

COMPTE XLVIII.

*Pour ce que les hazardz de mariage ſont differens, auſſi qu'on ſçait
eſtre vn paſſage ſi long à paſſer, ſouuent donnant ſoubz ſa couuerture vne infinité de diuerſes rencontres & perilz, aux vns d'vne ſorte,
aux autres d'vne autre, i'ay penſé vous raconter vne hiſtoire aſſez
nouuelle auenue de noſtre temps, afin qu'outre le plaiſir qu'en pourrez
receuoir puiſſiez iuger ſi iamais en auez ouy dire de ſemblable.*

VN procureur de Perigueux (lourdaut de
grace, & de façon) pour la richeſſe de ſes
biens amaſſez de longue main, on met en
auant propos de le marier auec vne ieune
fille fort bien apparentée : & en faueur
duquel mariage luy eſt ſeulement aſſeuré promeſſe d'vn
office de conſeiller, qu'on promettoit faire deſpeſcher
par le moyen des parens de ſa future femme. Or ſur
ceſte eſperance, comme celuy qui ne ſe ſoucioit beaucoup d'argent ne d'eſtat, mais amoureux outre meſure
de la beauté de la fille, ſolicita ſi fort l'auancement que
l'alliance des deux fut à ſon contentement parfaite & con-
ſommée. Apres les nopces, les banquetz & feſtiment
des parens faitz de chacun coſté, enuiron vn moys ou toſt
apres retourna à l'ordinaire de ſon meſnage, viuant
aſſez amyablement ſelon la grace & l'eſprit d'vn Perigourdin auec ſa bonne moytié, qui eſtoit vn peu trop
eſueillée au gré de monſieur le procureur : car eſtant

vn iour en l'affemblée d'aucuns de fes plus priuez compagnons, ainfi comme eft la couftume apres le bon vin
de tenir volontiers quelques propos de l'amoureufe
bataille, chacun de la compagnie f'efforça d'en faire fon
deuoir, les vns parlans des femmes mariées, qui
aymoyent le change, les autres du fecret de la maifon,
& multitude d'enfans qu'on y voit croiftre, par chacun
iour. Vn par deffus tous contant d'vne dame de la ville
commence à dire. Ie m'affeure que noftre voyfine fe
garde bien de telle multiplication, d'autant qu'à tous
venans elle prefte fa marchandife, ce nouueau marié,
fans dire un feul mot, n'oublie ce dernier propos, &
tout fumé retourne au logis fe rendant muet enuers fa
femme, au pris qu'il auoit de couftume : mais comme
refueur penfif à merueilles deffus vn banc, difoit gron-
dant à par luy. Ie ne m'eftonne pas beaucoup dequoy
lignée me deffaut, veu l'occafion fi grande & l'empefchement qu'on y met. S'eftimant tant habille homme,
que depuis le deuoir de grand nombre de nuiêtz il euft
bien fait vn enfant, fans le mauuais gouuernement de
fa femme : laquelle (fuyant ce qu'on auoit dit apres
auoir bien beu) croyoit affeurément eftre putain. Et
en cefte opinion engendra dedans fa fotte tefte tant de
diuerfes fantafies, qu'il deuint extremement ialoux :
toutesfois fa pauure femme, comme eft affez commun
en mariage, ne fe doutant d'vn fi fafcheux mal qui
trouble les plus fages, f'efforçoit de l'appaifer d'vne
infinité de careffes : mais le vilain plus elle vfoit d'honnefteté enuers luy, plus croiffoit la fole opinion du
Perigourdin, penfant telles douceurs eftre faites pour
mieux couurir fa mefchanceté : ainfi l'vmbrageux tour-

menté n'ofoit fortir du logis, qu'incontinent qu'il eftoit
à cinquante pas loing le retour ne fut auffi court pour
efpier fa femme. Laquelle commença à gouuerner tant
rudement, que fi feulement elle alloit vifiter vn feul de
fes parens au retour le bafton & coups de poing
n'eftoyent efpargnez, luy meurtriffant & offençant fi
furieufement fa delicate chair par tous endroictz qu'à
l'occafion du tourment & continuelles plaintes qu'il
faifoit en chacun lieu, les termes rigoureux dont elle
eftoit traitée, fe rengea à cefte raifon d'oublier la familiere frequentation des fiens pour demourer feule en
fon logis, afin de luy ofter par traict de temps tout le
fondement de fa malheureufe fantafie. Or combien
qu'auec vn merueilleux regret elle gardaft fi dure pri-
fon, toutesfois efperant vn iour en auoir la vengeance
demoura longtemps foubz cefte obeiffance, iufques à ce
que fe fentant groffe trouua façon (fans monftrer venir
par fon moyen) de le faire fçauoir à fon mary, lequel fut
fi outré d'aife, qu'auffi foudain qu'il auoit conceu fa fotte
opinion auffi legerement la changea en vn gracieux
traitement, commençant à vouloir careffer fa femme,
luy donner pleine liberté de tout faire, maintenant
craignant la fafcher offroit argent pour acheter tout
à fon plaifir, luy donnoit accouftremens, la conduyfoit
aux champs, pour faire oublier la rudeffe paffée, caufée
de ialoufie. Brief incontinent qu'elle auoit la bouche
ouuerte, pour demander chofe qu'on peuft recouurer,
à l'inftant mefmes eftoit apporté. La dame cognoiffant
la bonne volonté de fon mary eftre continuée, non
pour l'amour d'elle, mais au moyen de fon fruyt
(n'ayant oublié le tort par fi longtemps fouffert, fans

l'auoir merité) delibera, comme femme courageufe, de
fe venger à l'heure propre à fon entreprinfe & foubz
couleur d'vne enuye fecrette qu'ont accouftumé d'auoir
les femmes en leurs groffeffes, donc feignant la malade
faifoit la plus piteufe chere du monde, fans manger que
bien peu finon en fon priué : contrefaifant (foubz vne
fainte hypocrifie) quelquesfois auoir le cœur failly,
l'amarry defuoyé, vne autresfois des trenchaifons, & tant
de degouftemens qu'en telles plaintes fceut fi bien
iouer fon perfonnage que le procureur facile à perfuader, de crainte auffi de perdre ceft enfant, mouroit de
defplaifir fans pouuoir nullement contenter fa femme,
ou chercher autre remede, finon de crier comme vn
veau aupres d'elle, en luy difant : m'amye qu'auez-
vous? y a il chofe en ce monde qui me foit poffible
d'entreprendre? dictes ma femme, vous ne parlez point.
Helas mon amy ie me meurs, ie tranfis d'enuie. Comment (repliquoit le Procureur) ma mignonne voulez
vous ainfi en perdre trois? car ie fais ferment à Dieu
f'il vous aduient inconuenient de trop grand regret ie
me donneray la mort, partant ne craignez à dire dequoy
vous auez enuie. Non feray, difoit fa femme, car i'aime
mieux mourir que demander chofe tant defraifonnable,
fans laquelle toutesfois ie pers l'enfant & ma vie. Ha
ma petite maiftreffe, prenez vn peu de cœur, ne craignez à demander : ie vous affeure fur la damnation de
mon ame, ne fçauoir rien fi difficile qu'au hazard de
tout danger ne m'efforce l'accomplir, fuft il queftion de
tuer cent mil hommes. Or bien dift la procureufe, auffi
bien fuis ie morte fi faictes le contraire, parquoy i'aime
trop mieux le vous dire, c'eft qu'en fongeant la nuict

passée m'estoit auis que par ieu ie vous fouetois auec
vn si affectionné plaisir, qu'au resueil ceste enuie m'est
creue, & presse de tant pres que i'ay honte de le dire.
Le procureur fort content (craignant estre requeste de
plus difficile execution) comme si on l'eust conuié aux
nopces, ayma beaucoup mieux estre foueté de la main
de sa femme, que luy acheter vne robe de cent solz.
Ainsi l'accord fait d'vn cœur bien gay, la meine en sa
chambre où se despouille tout nud, prest à receuoir les
coups de fouet, & qui pis est fut si badin de l'auertir
que pour le mieux elle le deuoit lier au banc, afin
qu'en frappant ne se peust defendre, ou bien entrer en
colere si vehemente qu'il ne pourroit souffrir passer son
enuie, par ce moyen perdoit son petit enfançon, la perte
duquel luy seroit vn regret perpetuel, possible aussi
l'occasion de sa mort. La procureuse qui n'estoit sotte,
prenant ce conseil fort à son auantage, vous garrotte,
à belles cordes si proprement son mary au coing du
banc qu'à grand peine se pouuoit remuer. Ainsi ayant
vn ballay neuf commença la vengeance de l'vmbrageuse
ialousie qui dura tant aspre, longue & piquante, que le
mary sentant la colere de sa femme sur son dos bien
escrite, ne se peut tenir de crier si hault qu'au cry les
voysins & voysines de sa maison accoururent incontinent
au secours, estimans le feu estre au logis du procureur,
toutesfois (tout estonnez du nouueau spectacle) le trouuerent en l'accoustrement d'vn page qu'on fouette à
belles escourgées. Mais pour tout le mal qu'il enduroit
(tant estoit fier de penser auoir faict vn enfant) qu'encores crioit apres eux de se donner bien garde d'em-
pescher sa femme, iusques à ce que son enuie fust

paſſée, pour crainte de ne faire perdre ſon fruiċt : tellement qu'entre tous les aſſiſtens ne ſe trouua qu'entiere occaſion de rire.

AINSI, mes Dames, en puiſſe prendre à tous ialoux,
qui ſans propos faſchent leurs femmes quand elles ont
la vertu deuant les yeux, & qu'en toute obeiſſance ne
font ſinon ce qui plaiſt à leurs maryz : car quelque
choſe qu'vne ſotte ialouſie puiſſe veiller & contrerooller,
aſſeurement ce mal n'apporte iamais que dommage à
celuy qui l'enracine en ſa teſte, dauantage ne peut
garder la femme qui de ſoy meſmes ſe pert.

COMPTE XLIX.

Pour ce que l'effet de ceste petite idolle d'amour est souuent plus
violent enuers les femmes soltes qu'encontre les hommes, combien qu'on
sache estre vne verité qu'ilz ne confessent, & plus mal ayfement
croyent : toutesfois pour monstrer l'euidente legereté dc celles qui
abandonnans le siege principal de leur honneur se font tant oubliées,
qu'au lieu d'estre requises & cherchées, ont faict office de prier, met-
tant tout effort d'inuenter nouueaux moyens pour paruenir à la iouys-
sance desirée de leurs amys : Le discours tresveritable de ceste histoire
(oultre infinies autres qui se peuuent descouurir) vous seruira
d'exemple.

A v temps que le Duc de Calabre fut
dechassé du Royaume de Naples pour
passer partie de ses fascheries fist seiour en
la noble & magnifique ville de Florence.
Or entre les siens deux Gentilzhommes de
nation Françoise l'accompagnoyent, nommez le Seigneur Philippes, l'autre le Seigneur Charles, compagnons & si parfaictz amys qu'il n'y auoit rien entre eux
de secret, sans estre communiqué en leur priué. Au
reste tant fauorisez du Duc qu'il se sentoit fort heureux
de les auoir en sa trouppe, donc soubz telle faueur
frequentoient toutes les bonnes compagnies des dames
de la ville : desquelles (comme Gentilzhommes adroitz
& de bien bonne grace) estoient fort fauorablement

traitez & receuz. En cefte oyfiue frequentation le petit
archer (qui eft touiours preft à defcocher) foudain fift
fentir au feigneur Philippes, la douceur d'vn trait d'œil,
venant de la part d'vne ieune Gentilfemme d'ancienne
maifon, & femme d'vn des plus apparens citoyens de la
ville, qui le toucha fi viuement, qu'impoffible luy fut de
pouuoir refifter à telle attainte, fans en demeurer fon
plus affeétionné feruiteur. Ainfi pourpenfoit tous les
moyens de commencer fa pourfuyte par œuures libe-
rales, fecrettes & honneftes, pour venir au fruiét qui
fe peut aquerir par la faueur & bonne volunté de fa
dame. Le feigneur Charles d'autre cofté faifoit fes entreprinfes feparées, & fans cognoiftre l'affeétion de fon
compagnon, deuint femblablement furprins de l'amour
& beauté d'vne ieune fille, feur de cefte dame : touteffois pour les difficultez contraires à fa iouyffance, auffi
la garde eftroitte de fa nouuelle maiftreffe (fort commune au païs) fes amours eftoient d'autant plus refroi-
dies, difcourant en foymefmes qu'il n'eftoit pas pour
demeurer longuement en Italie, parquoy le temps
qui feroit confommé en la pourfuyte viendroit mal
aifément à bonne fin. Le feigneur Philippes, tout autrement, à qui l'amour de fa dame commandoit par
le moyen d'vne infinité de faueurs fecrettes & fagement
conduites, plus ardemment eftoit foigneux de paruenir
au defiré plaifir d'vne amitié reciproque : de laquelle
ayant eu parfaiéte affeurance ne reftoit que le temps &
l'heure de cueillir le fruiét du fouhait amoureux. Mais
la continuelle prefence du mary donnoit fi facheux
empefchement que cefte defirée iouïffance au gré des
deux attendans fembloit fort longue, qui pis eft la for-

tune leur fut entierement ennemye, car comme ilz
eſtoient preſts de contenter vne ſi chaude eſperance
par l'abſence du citoyen : Le Duc las du ſeiour de
Florence ſoudain print ſon chemin pour s'en aller à
Gennes : tellement qu'auec mil regretz, fallut prendre
vn mal plaiſant congé, accompagné touteſfois, de promeſſes aſſeurées de la part du Seigneur Philippes de
retourner à Florence pour contenter les affeƈtions de ſa
dame, & que pluſtoſt trouueroit occaſion couuerte pour
l'execution d'vn tel voyage. Le ſeigneur Charles vn peu
plus ieune & delicat en l'amoureuſe bataille, ne ſe
monſtra fort ſoucieux de laiſſer ſa maiſtreſſe, laquelle
bruſlante comme vn charbon de ieune bois, n'oublia,
touteſfois à demander ſemblable aſſeurance de ſon
retour. De ſorte que ces deux Dames de Florence, cer-
taines du prompt reueoir de leurs amys, demeurerent en
l'eſperance d'vn froid contentement, mais comme le
temps conſomme toutes choſes, & l'abſence faiƈt oublier
ce qu'on ne void, de ceſte grace le ſeigneur Philippes
par le menu commença à mettre en oubly le long ſouuenir de ſes amours abſentes : abandonnant les figures
& penſées d'icelles pour iouïr des plaiſirs des nouuelles
& preſentes : ainſi ſans ſ'amuſer aux continuelles lettres
de ſa Dame qui le ſollicitoit continuellement de la promeſſe de ſon retour, ſ'acquitoit fort bien du plaiſir qui
ſe preſentoit à ſon commandement ſans aller chercher
ſi loing plus heureuſe fortune. Touteſfois celuy qui
faiſoit bruſler ces deux amantes d'vn meſme feu les
regarda de ſon œil fauorable, car comme ils eſtoyent
hors de tout eſpoir, le Duc ayant volunté d'enuoyer
quelque meſſage ſecret en la ville de Florence, pour ſes

priuez affaires ne penſa de ſa maiſon Gentilz-hommes
plus capables pour l'execution que ces deux Françoys :
auſquelz baillant la totale & principale charge de ceſte
entreprinſe, partirent fort contens d'eſtre employez au
ſeruice d'vn ſi grand Prince. Or apres auoir fort ſagement paracheué leur ambaſſade, le ſeigneur Philippes
renouuelant en ſon cœur ce vieil feu couuert & non
eſteinct, commença à ſoy pourmener par la ville en
l'equippage d'vn homme qui deſiroit eſtre veu des
Dames, & cogneu principallement de celle de laquelle
eſperoit eſtre amoureuſement traicté. Et luy fut fortune
ſi fauorable que ſa Dame accompagnée de ſa ſœur,
toutes deux participantes de l'interieur de leur priué
vouloir, deſcouurirent incontinent ces Gentilzhommes
faiſans entierement leur deuoir d'eſtre remarquez de
tous, mais combien que l'honneur du mariage com-
mandaſt beaucoup à l'aiſnée, la honte de pudicité à la
plus ieune, auec la crainte de l'enflure (qui faict
cognoiſtre les femmes d'entre les filles) luy engendraſt
auſſi vn doute merueilleux, toutesfois l'amour (armé de
ſa ſuitte) auoit tellement gaigné & enueloppé le ſens &
la propre raiſon, que ſans auoir eſgard au ſcandale perpetuel qu'aporte l'effect d'vn tel plaiſir, ayans le temps
commode pour l'abſence du mary de l'aiſnée, le conſeil
prins entre elles, la dame de Philippes comme la plus
prompte luy fiſt entendre particulierement leur intention, ſans communiquer le ſecret d'icelle au ſeigneur
Charles, qui ſans vouloir abandonner ſon compagnon
penſoit ſeulement luy faire plaiſir de l'accompagner en
entreprinſe ſi chatoüilleuſe, non pas à l'heureux iouyr
de ſes amours. Donc l'heure venue ne faillirent de eux

trouuer au lieu affigné, où ne fault f'enquerir f'ilz furent
gracieufement receuz, principalement de la Dame du
Seigneur Philippes, laquelle faifant le deuoir d'amye
laiffa prendre pour erres de fon amytié quelques baifers entremeflez de douces reproches d'auoir promis
vn retour par trop grande longueur de temps executé :
difant que fi l'amour 'duquel il fe vantoit aymer euft
efté fi vehemente comme tant de fois luy auoit pro-
pofé, n'euft attendu fi longuement à vifiter celle qui en
perfection & bon vouloir l'auoit fi loyalement aymé.
Ces propos continuez auec mille petitz mefcontente-
mens, voulant venir au but tant defiré commença telz
propos. Mon bien aymé le plus grand heur qu'on fache
fouhaiter eft la iouyffance de l'execution amoureufe,
afin de nous rendre pluftoft au comble de noftre feli-
cité, mais fortune enuieufe d'vn fi grand bien eft à
prefent tant contraire, qu'à grand peine ie puis penfer
comment nous fera poffible de paruenir à la confommation, car mon mary eft là hault d'vne condition fi
farouche que ie crains fort le moyen : toutesfois (auec
bonne efperance fans vous fafcher) ie vous prie d'attendre vn bien petit, iufques à ce que ie fois allé veoir
fecrettement f'il pourra point defcouurir, & felon l'op-
portunité ie reuiendray incontinent, ou vous manderay
par vne mienne fealle chambriere ce qu'auez à faire.
Le feigneur Philippes (qui penfoit iouïr à fon ayfe) ne
fut content d'eftre remis foubz la difcretion d'vn mary,
& comme celuy à qui telz propos n'eftoient aggreables
luy refpond. Comment ma dame, voulez vous eftre
caufe de me faire perdre le bien duquel tant de fois
m'auez donné fi grande affeurance, & me faire encores

efperer ce que l'amour me doit de franche volunté? non
ma dame, vous ne deuez prendre vne feule excufe, fi
ce n'eftoit qu'euffiez peur de mon compagnon cy prefent, duquel ie tiens l'amitié tant veritable & fecrette,
que pour celà ne deuez differer à la faueur prefente,
veu la iufte occafion : car la mort pluftoft nous prendra
tous deux qu'au moindre endroit du monde voftre honneur foit offencé. La dame partie de leur compagnie,
ayant ainfi laiffé ces Gentilz-hommes en la colere &
efperance amoureufe, pour l'execution de fa fineffe,
faict preparer deux lictz en deux diuerfes chambres :
en l'vn defquelz fe met, & fa ieune fœur non mariée
(amye du Seigneur Charles) en l'autre. Puis enuoye vne
chambriere inftruitte à l'embaffade aux deux attendans,
aufquelz d'vne grace affeurée commence à dire : Ma
dame vous prefente fes affectueufes recommandations,
au furplus vous mande, feigneur Philippes, qu'elle eft
prefte d'obeïr à voftre vouloir : mais monfieur ce iour-
d'huy a efté fort mal difpofé d'vne vehemente colique,
au moyen de quoy fe pourra reueiller de nuict (& ne
fentant perfonne à fes coftez) pourroit entrer en vn
fafcheux foupeçon de ma maiftreffe, parquoy conuient
que le feigneur Charles doucement fe prepare d'aller
coucher tout nud aupres de luy, afin qu'auenant fon
refueil, il penfe auoir fa femme. Et où vous ne vou-
driez accepter cefte condition i'ay charge de par ma
dame vous dire, que pour cefte nuict pouuez bien chercher autre retraite : car l'extreme ialoufie de fon mary
(fans fentir quelque vn en fon lict) pourroit eftre occafion de la cognoiffance du fait, dont puis apres f'en
enfuyuroit poffible vne piteufe mort. Le feigneur

Charles (qui euſt mieux aymé les coſtez d'vne ieune damoyſelle que d'vn mal plaiſant ialoux) fiſt ſoudaine reſponſe qu'il n'en feroit rien, diſant luy eſtre choſe trop difficile de coucher nud aupres d'vn homme ſi ſuſpect, meſmes ſoubz la miſericorde d'vn tel hazard. Le ſeigneur Philippes prouoqué d'vne extreme paſſion cauſée par les poignantes flammes d'amour, ne ſentoit rien impoſſible, mais quaſi deſeſperé de perdre le contentement du priué don de mercy, ſupplia le ſeigneur Charles d'vne ſi grande affection, y adiouſtant infinies remonſtrances (que ne voulant rompre l'amytié d'entre eux, de fort long temps encommence) cognoiſſant auſſi l'ardeur de ſon fidele amy, ſ'accorda librement à l'entrepriſe. La chambriere incontinent les conduit, le ſeigneur Philippes auec ſa Dame, & le ſeigneur Charles dedans le lict de ſa ſœur : aupres de laquelle tremblant de peur (cuydant auoir le mary de la dame pour compagnon), en crainte d'eſtre ſurprins, miſt ſon eſpée nuë aupres de luy, ayant touſiours la main deſſus pour ſe deffendre au beſoing. Le Seigneur Philippes ſe trouuant beaucoup plus aſſeuré miſt peine de contenter ſa dame, ſelon la force qu'amour donne à ſes combatans pour amortir leurs affections : apres le trauail deſquelles commença à deſcouurir la tromperie qu'elle auoit faicte à ſon compagnon, qui eſtimant eſtre couché au coſtez de ſon mary, eſtoit en compagnie de ſa ieune ſœur : laquelle comme pouuez penſer marrye de ſe veoir ſi mal cogneuë & peu ſatisfaite, ſ'efforçoit à le tenter doucement auecque les piedz, petites approches & autres eſguillonnemens que peut faire vne amante pour ſe faire cognoiſtre, afin d'adoulcir ceſte

enuie naturelle, procedée de l'Amour. Mais ces careſſes
au ſeigneur Charles, eſtimant venir de la part d'vn
homme, luy ſembloient tant eſtranges, que de trop
grande impatience penſoit auoir le feu aux piedz. Ceſte
ieune dame (preſſée d'vne ardeur, non accouſtumée) ne
ſçauoit trouuer remede propre pour donner cognoiſſance
de ſon feu, & ſans quelque peu de honte qui reſtoit
encores du peu d'experience qu'ont les filles du trauail
amoureux, elle euſt faiĉt l'office de requerante : toutesfois n'oublioit rien qui peuſt tenter l'enuie du Seigneur
Charles, lui iettant maintenant les bras ſur l'eſtomach,
ſe tournant d'vn coſté, puis d'autre, auec vne infinité
de vehemens ſouſpirs. Mais ce pauure homme, tout
refroidy de peur, incontinent qu'il ſentoit telz attou-
chemens les cheueux luy dreſſoyent en la teſte, diſant
en ſoymeſmes : O que l'ayſe d'autruy m'eſt cherement
venduë, certainement on me faiĉt ſouffrir les angoiſſes,
dont les autres reçoiuent le plaiſir, d'auantage ie les
croy ſi rauiz en l'amoureuſe eſcharmouche, qu'à la fin
demeureray pour gaige, pleuſt à Dieu qu'ilz tinſſent ma
place pour ſentir l'effeĉt de mon contentement. Apres
vne infinité de diſcours faſcheux en ceſte longue nuiĉt,
ſans ſçauoir le moyen de trouuer les lieux de la maiſon
pour ſortir, craignant auſſi en les cherchant faire bruit
par lequel il euſt eſté deſcouuert, demeura encores
quelque peu en vne ſueur colerique, attendant le iour :
lequel ſoudain qu'il commença à poindre, ſans ſe pouuoir plus contenir, choiſit la porte de la chambre l'eſpée
en main ſortant plus viſte que le pas & à l'iſſue rencontre le ſeigneur Philippes accompagné de ſa dame
qui eſtoyent aux eſcoutes, mais le voyans ainſi eſmeu

de colere, commencerent à rire, luy difant la dame :
Ie m'eftonne feigneur Ch arles comment en voftre nature
ayez moins de cognoiffance ou fentiment que les fimples beftelettes des champs, lefquelles en lieu tant foit
obfcur, le mafle fent & cognoift la femelle : mais vous
en vne tant grande ieuneffe (le feul guidon d'amour)
auez efté fi debile, qu'ayant couché aux coftez de celle
que dictes auoir aymé parfaictement ne l'auez iamais
peu cognoiftre. Suyuant ces petites mocqueries d'vne violence gracieufe, le contraint de retourner au lict de fa
fœur, luy monftrant l'homme en la compagnie duquel
penfoit auoir couché. Le pauure Gentilhomme tout
remis de fa peur paffée) regrettant le tort qu'il f'eftoit
fait, voulant auffi recompenfer fes fautes) f'efforça de
f'excufer honneftement enuers fa Dame, puis fe voiant
en la liberté que beaucoup de autres voudroient auoir
commença à recueillir le don de l'amoureufe pitié, au
contentement fi grand des deux que du iour en firent
la nuict entiere plaifante & gracieufe. Ainfi ces deux
Gentilzhommes (affeurez de l'amour des dames pendant l'abfence du mary) f'acquitterent foigneufement
de leur deuoir) & prolongerent fort longuement l'ambaffade, afin de contenter en plus grande liberté toutes
leurs affections.

C'eft mes dames, ce que cherchent fouuent telles
femmes en l'abfence des maryz : aufquelles d'autant
qu'on fçait cela leur eftre aggreable : d'autant eft le retour
plus fafcheux pour l'empefchement qu'il donne au contentement des nuicts amoureufes. Mais qui ne cherche
qu'vn plaifir terreftre, fans regarder aux offences lourdes qu'on fait contre le mariage, & la recommandation

de fon honneur, affeurement telles perfonnes ne meritent d'eftre appellez à vn tel bien, ne pouuant difcerner
la vertu du vice : mais font femblables à la truye qui fe
plonge par toutes les fanges, fentant & faifant toufiours
paroiftre au monde fon orde & fale nature.

COMPTE L.

Grande est l'erreur de ceux qui appellent amour Dieu parce qu'vn
tel nom luy est du tout contraire d'autant qu'il tue les sens, & souuent
la personne qui le suyt : ennemy de toute raison à ceux qui, moins le
seruent, plus grands biens reçoiuent : contraire à toute vertu, sans
ordre, aueugle, pauure, ieune, vn arc en main tirant à l'auenture.
Plus donc aueuglez & hors de bon iugement sont ceux qui le prennent
pour guidon, d'autant qu'incontinent ilz delaissent le fondement de
vertu, pour suyure leur désordonnée volunté par le breuuaige d'vn si
doux venin, qu'à la fin s'enyurent des voluptez tant pusillanimes, que
l'affection transporte l'entendement, faisant perdre la cognoissance de
toute perfection.

N viel Cheualier du Royaume de Poulo-
gne, demeuré veuf & sans enfans, pour les
grands biens & richesses de sa maison, qui
venoyent apres sa mort à plusieurs testes,
demeurant, par ce moyen le nom de ses
predecesseurs perdu, entra en l'opinion de se remarier
pour auoir lignée qui peust succeder à ses terres. De
faict print l'alliance d'vn riche Gentilhomme esgal à sa
noblesse : duquel ayant espousé la fille qui estoit d'vne
grande beauté, de l'aage aussi pour souhaiter mieux
qu'vn feu si vieil & froid, demeura longtemps à faire
bien foyble deuoir de contenter sa femme : Laquelle
cognoissant qu'auec les ans de son mary diminuoit par
chacun iour l'effet de l'amour, ne se contenta d'vn

Cheualier fi lent : mais defirant venir au change,
voulut choyfir pour amy vn ieune Gentilhomme de fa
maifon de affez bonne grace, qui feruoit d'Efcuyer,
ainfi fa deliberation prife (trouuant l'oportunité prefte)
luy declara entierement fon affeétion. Le ieune Efcuyer
qui eftoit fauorablement traiété de fon maiftre (fans
auoir autre moyen de viure que par fes bienfaitz) f'ex-
cufa fort honneftement, confiderant en foymefmes le
tort irreparable & l'extreme danger auquel pourroit
tomber fa vie. La dame defplaifante à merueilles de fe
voir tout à plat reffufée vfa de rigoureufes menaces,
iurant qu'en continuant touiours les propos de refuz à
la fin le contraindroit de f'abfenter & d'abandonner le
pays, ou pour le moins deuoit eftre affeuré quelle
drefferoit telle entreprinfe qu'autant luy feroit agreable
mourir que viure : mais (difoit elle) où me voudrez
aymer & fatisfaire au contentement du defiré plaifir,
ie m'affeure de vous rendre le plus fortuné & heureux
Gentilhomme de tout ce Royaume. Car eftant groffe
comme ie fuis de monfieur, par la faueur & amytié
que ie vous porte, fi toft qu'auray enfanté ie trouueray
moyen qu'on fuffoquera mon fruiét : puis de peur qu'vn
fafcheux vieillard ayt heritier venant de fon fang, mon
intention eft de contrefaire la malade, pour auoir meilleure occafion de conceuoir de vous, à fin que l'enfant
qui fortira d'entre nous deux comme le premier né,
foit fucceffeur de tous fes biens, d'auantage auant la
mort de ce caduque, vous feul ferez mary & maiftre
de mon corps, enfemble de toutes mes richeffes. Le
ieune Gentilhomme eftonné d'vn cofté des menaces de
fa maiftreffe, fachant combien elle pouuoit commander,

pour le facher & deſtruire : d'autre voyant vn tel bien
preſenté par l'excellente beauté d'vne dame (qui euſt
peu eſmouuoir le plus froid amy du monde) demeura
vaincu. Tellement qu'abandonnantz tous deux Dieu,
crainte, & l'honneur, ſans regarder l'iſſue des mondaines voluptez, que la vengeance ſuyt ſouuent de bien
pres, mirent peine d'amortir l'ardeur de leurs couuertes penſées. Or le temps venu de l'enfantement, le
bon vieil Cheualier contant à merueilles d'auoir vn
nouueau heritier (eſtimant eſtre venu à l'accompliſſe-
ment de ſon plus affectionné deſir) fit ſolenniser le
bapteſme du petit innocent, ſelon la grandeur de ſa
maiſon, & fut nommé Lorris. La maratre de mere (qui
n'auoit oublié la promeſſe faite à celuy qu'elle eſtimoit
ſon ſeul repos) deſirant ſatisfaire à ſa malheureuſe
concupiſcence, vn ſoir le cuyda piteuſement eſtrangler :
mais le Seigneur tout puiſſant ne voulut abandonner au
beſoing ſa petite creature, & le regardant de ſon œil de
pitié, inſpirant tellement ceſte cruelle femme, en luy
mettant deuant les yeux l'affection & amour naturel que
doit auoir vne mere enuers ſon premier né, qu'elle euſt
repentance d'vn tel homicide, deliberant ne le faire
mourir, toutesfois de crainte de perdre celuy auquel elle
eſtimoit eſtre l'effet de tous ſes plaiſirs, fiſt nouuelle
entrepriſe. De fortune en la maiſon de ce vieil Seigneur
(qui à la verité eſtoit opulente) gracieuſement eſtoient
receuz tous eſtrangers entre leſquelz frequentoit vn
pauure Gentilhomme & ſa femme, tous deux chaſſez de
leurs pays, eſtans par pitié ſi fauorablement traictez,
qu'au moyen du bon viſage ſe rendoient d'autant plus
domeſtiques : ceſte femme eſtoit quaſi accouchée au

mefme temps d'vn filz. Partant la dame conuoyteufe de
l'execution de fa dannée volonté, fceut tant bien pallier
fes propos (auec promeffes & autres couuertures fein-
tes) enuers cefte pauure exilée femme nommée Conftance, qu'elle obtint confentement de luy liurer fon
enfant en efchange du petit Lorris, la priant le nourrir
comme le fien propre : ce que la pauure Conftance de
crainte d'eftre dechaffée n'ayant lieu feur de retraite,
pour n'entrer en fi mauuaife grace n'aufa contredire.
Ainfi l'efchange fecretement fait des deux petitz innocens fans le fceu des peres, l'vn receut pour quelque
temps la delicate nourriture de l'autre. Conftance qui
nourriffoit l'infant Lorris cognoiffant vn · fait fi eftrange
ne pouuoit auoir repos en fon efprit : pour donc defcouurir la tromperie de ce deffein, fit vn iour accroire
à cefte dame que par vn grand inconuenient la nuyt il
auoit efté eftouffé. La marratre fans auoir aucun foucy
de fon filz mais feulement ne cherchant qu'occafion de
paruenir au malheureux but de fa concupifcence peu
de iours apres, le plus finement qu'elle peuft fift violentement priuer de vie le petit innocent de Conftance :
laquelle apres vne infinité de regretz & plaintes, pour
auoir fi legerement creu le malicieux propos de cefte
impiteufe femme, ne voyant aucun remede fe penfa
donner la mort. Ainfi couurant fon dueil couuertement
felon l'auerfité du temps, contemploit le pauure vieil
Cheualier : auquel (auec fimulées plaintes) on faifoit
accroire la mort de fon premier né eftre furuenue par
le cours de nature, de façon que luy qui penfoit auoir par
la grace de Dieu receu le fupport & bafton de la vieilleffe, fentant fur la fin de fes iours vne perte tant dure

à porter, l'eſtimant eſtre veritable, ne ſceut trouuer
remede plus propre qu'à ſe conſoler ſoubz l'eſperance
d'en auoir d'autres, ce qui auint bien toſt apres par
l'apparence de la nouuelle groſſeſſe de ſa femme,
dequoy le bon homme oublia ſa triſteſſe, penſant eſtre
de ſon fait : mais l'ayde de ſon ieune Eſcuyer, auec la
priuauté de ſa femme, auoient accomply ce chef d'œuure : de ſorte qu'au bout de neuf mois elle accoucha
d'vne bien belle fille, laquelle le vieil Cheualier comme
ſienne ſoigneuſement faiſoit nourrir. Par trait de temps
Fortune laſſe d'auoir ſi longuement mal traité le pauure
Gentilhomme, mary de Conſtance, tourna ſon viſage
de rigueur, par le moyen de ſes amys & parens qui
firent l'appointement de ſon forfaict, ainſi retourna en
ſon pays content de rentrer en ſa reputation : car
comme celuy qui auoit tout le temps de ſa vie frequenté
les armes, eſtoit touſiours fauoriſé des plus grandz :
toutesfois ne demeura longuement apres à ſon ayſe ſans
payer le tribut de nature, delaiſſant en viduité ſa femme
Conſtance, ſage & vertueuſe qui touſiours nourriſſoit
le plus curieuſement du monde le petit Lorris, & pleut
tant ceſte nourriture à vn des apparens ſeigneurs du
pays qu'il eut enuie de luy faire nourrir vn ſien filz de
ſemblable aage, ce que volontiers elle accepta, executant en tout fort bien ſon deuoir, d'auantage d'vne
amour naturelle traitoit ſes deux enfans d'vn ſoing ſi
vigilant qu'autre meſnage ne faiſoit. Mais le malheur
(qui ne vient iamais ſeul) luy fut tant contraire, que
pour l'amytié eſgale qu'elle portoit aux deux petitz
innocens, les faiſans coucher le plus ſouuent à ſes
coſtez, en vne fatale nuyt (ſurpriſe d'vn ſomme trop

profond) eſtouffa le filz de ce Seigneur. Duquel deſaſ-
tre ceſte deſolée femme ſaiſie d'extreme douleur,
& comme hors de tout eſpoir, commença à ſi violentement ſe deſtordre & arracher ſes cheueux, que peu
ſ'en fallut qu'elle ne s'eſtranglaſt, n'euſt eſté vne ſcintile
de raiſon demeuré en ſon ſens qui lui propoſa le
moyen de ſe ſauuer : Ce fut que ce Seigneur eſtant
allé loing du pays auec ſa femme, & toute ſa ſuyte,
auoit eſté quaſi vn an ſans retourner. Or à ſon retour
deſirant veoir ſon heritier, enuoya vers l'infortunée
Conſtance, laquelle au lieu du ſien luy preſenta le petit
Lorris : qui pour ſa longue abſence du Gentilhomme,
ſans nullement eſtre recognu, auſſi l'opinion bonne
qu'on auoit de Conſtance, fut receu en la place du
vray & naturel enfant, eſtant apres inſtitué en ſi bonnes
meurs que par laps de temps la nourriture fut en luy ſi
bien employée, qu'il creuſt homme entier & parfait, tant
ſagement ſe conduyſant en l'obeiſſance de ſes pere &
mere, qu'en faueur de l'amour filiale qu'ilz portoient à
leur filz, n'auoient en ce monde plus aggreable ſouhait,
que de le voir allié & pourueu en maiſon ſelon ſa
grandeur, ainſi cherchans tous les moyens de mettre
(pendant leur viuant) ceſte entreprinſe à execution.
D'auenture furent auertis de la mort du vieil Cheualier,
qui auoit laiſſé ceſte ſeule fille (qu'on penſoit eſtre
ſienne) heritiere d'vne infinité de biens, & qui n'eſtoit
fort loing de ſon pays (donc ſans s'arreſter à ce que la
femme du vieil pere ſ'eſtoit remariée à ſon Eſcuyer)
regardans ſeulement à la grandeur de ſes richeſſes,
enuoyerent vn Gentilhomme inſtruyt pour porter
parolles de ceſte alliance. Et tant viuement furent les

menées des deux coſtez pourſuyuies, que le mariage
fut conclud par gracieux accord, enſemble le iour
prins pour ſolenniſer les nopces. Le ieune Gentilhomme
(ayant fait tous les preparatifz neceſſaires pour aller
querir ſa future femme en vn equipage braue & ſelon
l'eſtat de ſa nobleſſe) ſolicitoit fort d'auoir congé de
ſon ſeigneur & pere. Que voyant Conſtance, qui ſeule
conſiderant le malheur d'vn cas ſi eſtrange, auenant
que le frere eſpouſoit ſa ſœur à ſon ſceu, combien
qu'vn tel fait peuſt eſtre ſecret, toutesfois craignant
pour tant de maulx paſſez, auec la faute lourde qu'elle
auoit faite d'auoir changé ſon propre enfant (duquel
auoit eſté la ſeule occaſion de ſa mort) le courroux de
Dieu ne tomba violentement ſur elle en cuydant celler
vn ſi meſchant & damnable forfait (qui à la verité euſt
fait naiſtre vn plus grand mal) ſ'adreſſe au ſeigneur
Lorris : Auquel pour eſtre (comme ſont meres nourri-
ces) priuée de luy, commence par le menu à diſcourir
la deteſtable vie de ſa mere, enſemble les inconueniens dont il eſtoit eſchapé par ſon ſecours. A quoy
preſtant attentiuement l'oreille comme fort eſmerueillé
d'vn tel diſcours, ſceut fort bon gré à ſa bonne nourrice Conſtance de l'auoir ſi à propos bien conſeillé
& diuerty d'vne faute, que par ignorance il euſt peu
faire. Donc comme Gentilhomme en qui (nonobſtant
la ieuneſſe) le bon ſens eſtoit entier & de bonne con-
duyte, apres auoir fait ſage deliberation & ſecrette
auec celuy duquel penſoit eſtre le filz, ſoubz couleur
d'eſpouſer la damoyſelle accordée, ſe tranſporta au
pays, où par la main forte de la iuſtice fit ſoudain
apprehender ſa mere & le ieune Eſcuyer ſon beau pere.

Lefquelz feparez en diuerfes prifons, par les tourmentz
& tortures accouftumées pour la verification des cri-
mes, le proces fut tant bien conduit que finalement
l'hyftoire veritable du crime fut defcouuerte, & par
iugement diffinitif tous deux publiquement bruflez. Le
Gentilhomme Lorris (apres les chofes appaifées) ayant
recompencé fa bonne nourrice Conftance, print pof-
feffion de toutes fes terres & Seigneuries, non ingrat
du bon traiétement qu'il auoit receu par le moyen du
grand Seigneur eftranger, l'eftimant fon pere naturel,
efpoufa vne fienne fille, fa feule heritiere, auec vn fi
merueilleux contentement des deux maifons, que par
la confommation du mariage en eft yffu lignée tant
noble qu'auiourdhuy encores elle dure heureufe en
biens & honneurs.

Mes dames, l'infortune de celles qui fe font laiffé
gaigner par les efguillonnemens d'amour, l'iffue auffi
malheureufe de leur damné vouloir, doit rendre les
autres plus fages à euiter lacz fi dangereux, en refiftant
du commencement auant que de continuer aux penfées
amoureufes qui empoifonnent les cœurs des plus
grandes. Mais pour paruenir à telle viétoire faut auoir
recours au createur de toutes chofes, duquel l'amour
dure eternellement, & d'auantage, donnera la grace
d'euiter l'oyfiueté caufe de tout mal, à fin de f'employer aux exercices honneftes & propres aux femmes
qui ayment vertu, par laquelle on peut euiter le peril
d'vn tel paffage.

COMPTE LI.

On peint amour petit enfant, qui eſt l'occaſion ſoubz couleur de ſon enfance qu'on ne le penſe ſi malfaiſant : car la propre marque de l'enfant eſt innocence, mais ceſtuy tout au contraire eſt fin & malicieux, paſſant ſi ſubitement par l'interieur des cœurs, que ſans ſçauoir les inconueniens, qu'à tous propos il ameine facilement on ſe laiſſe tomber en la douceur des plaiſirs que la ſenſualité propoſe, où depuis qu'on y eſt plongé le remede de s'en retirer ſe trouue du tout impoſſible, ſans l'amertume d'vne infinité de trauerſes & faſcheries quaſi inſuportables, comme verrez au diſcours de ceſte hiſtoire.

L me ſouuient autresfois auoir ouy compter à vn banquier Italien, qu'en la ville de Naples demeuroit vn riche Cheualier, qui demeuré veuf auoit pour tous enfans, vne ieune fille nommée Lorette, en l'aage & vigueur d'eſtre des plus affectionnez amoureux ſouhaitee. Mais le pere tant l'aymoit que craignant perdre ſa fille, comme le ſupport de tout ſon meſnage à tous refuſoit la marier : de ſorte, qu'en croiſſant les ans & la beauté, creut auſſi tellement l'enuie à Lorette de cognoiſtre le mal rendant les filles femmes, qu'elle deuint extremement amoureuſe d'vn ieune Gentilhomme nommé le ſeigneur Antoine, qui ſoubz couleur d'vne loingtaine parenté auoit aquis priuauté ſi libre en la maiſon, qu'à toutes heures il auoit moyen de cognoiſtre l'intention de Lorette : laquelle ioint la pour-

suitte amoureuse, se trouua si conforme & semblable à
la sienne que la consommation de leurs priuez plaisirs
fut executée par vn plaisant & gracieux effect. Mais le
petit archer (qui tousiours entremesle de l'aigre auec
le doux) ne les sceut tant bien cacher sans estre vne
nuyt descouuertz de l'vn des seruiteurs de la maison :
lequel par vne enuie (ou estimant faire seruice tref-
agreable à son Seigneur) alla incontinent declairer qu'il
auoit veu vn homme couché au lict de sa fille. Le
Cheualier pour l'estrangeté du faict, outré d'ire & colere
(sans demander de la chandelle) court incontinent où
estoit sa fille couchée pour surprendre le Seigneur
Antoine : qui entendant ceste esmotion, soudain prend
son espée, se deffaict si dextrement d'entre les mains du
Cheualier qu'auant que la lumiere fut apportée comme
sachant les secretz par où souuent auoit accoustumé
son entrée, sceut encores à tel besoing mieux en trouuer l'issue, qui luy fut tant fauorable qu'impossible fut
à tous ceux de la maison de le pouuoir iamais cognois-
tre. Par quoy le pere de ceste fille depiteusement faché
par tourment & rigueur non accoustumées à sa delicate & tendre ieunesse, s'efforça de sçauoir le nom :
Mais Lorette qui aymoit d'vne amour violente ferme
& non feinte, demeura opiniastre en son malheur,
sans vouloir decouurir vn seul secret de son amy.
Dont le Cheualier desesperé (vsant d'vne vengeance
plus cruelle qu'à vn pere n'appartient) delibera de la
faire mourir, de faict d'vn cœur remply d'impieté
comme celuy qui se sentoit lourdement offencé, commanda à deux de ses seruiteurs, ausquelz auoit sur tout
parfaicte fiance que sur leurs vies, & d'autant qu'ilz

aymoyent fon honneur, de promptement mener fa fille
en vne barque fur la mer pour la ieter & noyer au plus
profond. Les feruiteurs n'ayans autre moyen de viure
que par le feruice continuel de leur maiftre, craignans
perdre fon amytié (ou fouffrir autre plus grieue feue-
rité) lierent eftroitement en la prefence du pere cefte
defolée Lorette, & la nuyt venue piteufement, la con-
duirent au riuage de l'eau, difpofez d'executer vn fi
cruel commandement, mais ainfi qu'ilz approchoyent
pour mettre à fin tant miferable entreprinfe, l'vn deux
confiderant en foymefmes la ieuneffe & beauté de la
fille accompagnée d'vne fi grande patience, voulut chercher l'occafion de luy fauuer la vie, eftimant eftre vn
bien qui à grand peine pourroit iamais eftre perdu,
attendu que le pere ia viel preft du bord de fa foffe,
bien toft abandonneroit fes biens à cefte feule heritiere,
de laquelle la fatisfaction feroit trop plus grande que
non pas le contentement qu'il pourroit maintenant
receuoir de fon maiftre pour l'execution d'vn acte fi
malheureux, duquel auffi feroit poffible reprins.
Tellement qu'en cefte bonne opinion commença de
tenter fon compagnon auec gratieufes paroles, qui
eurent fi grande vertu, ioinct le bon vouloir qu'il auoit
enuers la dolente Lorette, que tous deux d'vn commun
accord la mirent en franche liberté, toutesfois fur
affurances & grandes promeffes de ne retourner en la
maifon de fon pere, finon apres fa mort : mais au contraire de s'abfenter en lieux eftranges de fa cognoiffance. La pauure ieune dame (qui penfoit eftre venue
à fes derniers iours) d'vne voix lamentable & comme
quafi efperdue leur rendit vne infinité de graces, auec

promeffe iurée de iamais ne les reuoir, fi ce n'eftoit
que Dieu par fa diuine bonté r'amolift l'impetueux cœur
de fon vieil pere. Dont ayans prins vn congé gracieux,
les feruiteurs porterent fes habitz au cruel vieillard, luy
faifant accroire qu'elle eftoit fubmergée. Ainfi la trifte
Lorette feule abandonnée (qui iamais n'auoit forty la
ville) eftant deguifée en l'habit d'vn ieune homme f'en
alloit au grand regret d'vn fi trifte depart, delaiffant
celuy pour lequel eftoit contrainte de fouffrir vn trauail
infupportable, & combien qu'en fon efprit fceut le
moyen de pouuoir voir fecrettement le feigneur Antoine
fon affectionné repos, toutesfois, craignant de nuyre
aux feruiteurs qui tant franchement l'auoient rachetée
du peril de la mort, delibera de pluftoft perdre fon
plaifir & le païs, que d'offencer la foy d'vne fi iufte
promeffe. Ainfi prenant cœur fuit fon chemin fans
aucune conduicte, iufques fur les dix heures du matin,
qu'vn Gentilhomme Florentin portant des oyfeaux au
Duc de Florence : la rencontre qui pour fa beauté,
enrichie d'vn maintien fort honnefte (l'eftimant eftre
quelque ieune homme eftranger) conceut foudaine opinion de fçauoir fon chemin, l'interrogant doucement
f'il auoit point affection de feruir. Lorette qui auoit
enuie d'efloigner fon païs voyant l'occafion tant à propos luy refpond : Monfieur ouy : mais ayant maintenu
toufiours l'eftat de pauure nobleffe, ie n'ay pas accouftumé trop grand peine, parquoy ie ne vous voudrois
point faire ce tort de promettre aucun feruice finon
d'autant que ma ieuneffe & force peut porter. Le
Gentilhomme oyant parolles tant gracieufes iugea
incontinent eftre vn ieune Efcuyer bien appris, qui par

defpit & mefcontentement de fon Seigneur fans congé
auoit delaiffé fon feruice, parquoy paffant outre,
demanda f'il gouuerneroit bien des oyfeaux. Lorette
ayant veu par le paffé en la maifon de fon pere la
vollerie autant ordinairement entretenue qu'en autre
lieu du monde (comme femme d'efprit fubtil, & fain
iugement) affeura d'entendre fort bien l'eftat de la
fauconnerie, de forte qu'apres l'accord fait le Gentilhomme luy met vn oyfeau fur le poing, & la meine en
fa compagnie iufques à Florence. Or comme il prefentoit ces oyfeaux, le Duc voyant le ieune fauconnier
euft tant aggreable la grace & douce affeurance de fa
perfonne, qu'à l'inftant print enuie de l'auoir pour
fien, le traitant fi fauorablement qu'en peu de temps
luy donna l'eftat d'Efcuyer auec tant grande priuauté
en fa maifon qu'il y pouuoit commander comme l'vn
de fes principaux Gentilzhommes. Le trifte pere qui
penfoit auoir fait tuer fa fille (ayant refroidy fa bouil-
lante colere) viuoit en vne langueur fi continuelle pour
le regret de l'eftrange forfait que de honte n'ofoit
vifiter fes amis, au moyen des continuelles reproches
du crime duquel eftoit foupçonné. Donc pour euiter
propos fi facheux & poignans, viuoit feul, comme
melencolique, fe retirant le plus du temps aux champs
en l'vne de fes terres. Le feigneur Antoine d'autre cofté,
ayant plaint par vne infinité de larmes fa Lorette,
fachant le pere ne auoir eu connoiffance de fon fait, le
commença par moyens honneftes à frequenter comme
deuant, & tellement f'efforçoit de luy complaire en
toutes chofes, fi que ce bon Cheualier feul (de tous fes
parens habandonné) l'auoit en telle amitié qu'il l'efti-

moit comme fon propre filz : parquoy fe voyant defpourueu de tous enfans, en hayne du mauuais traitement des fiens (venue l'heure de fa mort) l'inftitua fon
feul & principal heritier. Ainfi le Seigneur Antoine
demeuré reueftu de tant de richeffes & poffeffions,
defcouurant les lieux où par plufieurs fois, il auoit
receu vne infinité de plaifirs entremeflez de longs baifers, confiderant eftre les biens de celle, dont luy feul
penfoit auoir efté l'occafion de la mort, tant de difcours fafcheux fe prefentoyent devant fes yeux, que
pour le regret perpetuel de fa dame (fans la pouuoir
oublier) delibera de iamais ne prendre femme, mais
de viure le refte de fes iours en perpetuelle folitude.
Par traiét de temps, Amour qui auoit fi longuement
mal traiété ces pauures paffionnez, leur appraifta vn
fauorable contentement, pour la perfeétion duquel
aduint que le Duc de Florence ayant affaire à Naples,
enuoya trois de fes Gentilzhommes pour l'execution de
fes entreprinfes, au nombre defquelz voulut mettre fon
ieune efcuyer. Et comme celuy qui d'vn cœur gay
prenoit cefte charge, eftant arriué en la ville, fort
curieux de fçauoir de l'eftat de fon pere, enfemble de
la perfonne qui eftoit la principale occafion de fon exil,
par le moyen des fourriers du Roy (comme Ambaffa-
deurs) fe fift loger auec fa compagnie au logis pater-
nel. Où voyant le feigneur Anthoine feul commander
comme maiftre, & entier poffeffeur de tous les biens,
ie vous laiffe à penfer fi Lorette defguifée euft volontiers foudain reprins fon habit de femme, pour auoir
part au plaifi. de fon amy : mais attendant vne heure
plus à propos, print patience de receuoir d'entrée vn

recueil gracieux de fon hofte, qui les feftoya autant
honnorablement qu'on euft peu fouhaiter, leur faifant
aprefter le fouper & le coucher, au lieu propre qui auoit
efté tefmoing du commencement & confommation de
l'effet qui rend les hommes fi paffionnez enuers les Dames.
Le lendemain comme on difnoit le feigneur Antoine fef-
toyant fa compagnie commence plus viuement à com-
templer les vifages de fes hoftes : mais fur tous celuy du
ieune efcuyer luy apporta vn tel fouuenir de fa dame
Lorette qu'à grand peine peut ofter l'œil de deffus. Or
ainfi que propos fe meuuent à table l'vn des trois Gentilzhommes curieux felon le naturel de beaucoup, luy
demande de qui eftoyent les armoyries engrauées &
paintes en tant d'endroiſtz de la maifon. A quoy ref-
pondit le Seigneur Anthoine veritablement n'eftre les
fiennes, mais d'vn Cheualier de la ville n'agueres mort,
qui demeuré fans enfans l'auoit fait fon heritier vni-
uerfel. Lorette la larme à l'œil ayant defcouuert la
mort affeurée de fon pere, auffi fes richeffes en la
puiffance de l'homme du monde que plus defiroit
aymer, ne peuft d'auantage porter l'abit qui luy eftoit
fi mal feant : mais feignant luy vouloir dire vn fecret
de confequence, le tire en vne chambre à part où
vaincue d'vne viue paffion, fe laiffe tomber entre les
bras du feigneur Anthoine prononçant d'vne voix douce
femblables parolles : Helas mon cher feigneur & amy
ne cognoiffez vous point la voftre defolée Lorette?
ayant fouffert tant de maus couuerts, foubz couleur de
l'amytié inuiolable qu'elle vous a porté. Le Gentilhomme efbahy de telz propos cogneut incontinent, par
la fufpition de fon vifage n'auoir efté trompé. Parquoy

apres auoir longuement difcouru leurs fortunes &
auentures paffées la defpouilla de l'accouftrement duquel
auoit efté longuement tenue couuerte, l'habillant felon
l'eftat decent & honnefte d'vne femme reprefentant la
grandeur de fa maifon : & luy pleut tant cefte gracieufe rencontre qu'auant que partir de la chambre y
eut vne infinité de baifers donnez du meilleur cœur,
pour la confirmation de l'amitié nouuellement recou-
uerte. Ainfi apres auoir donné à entendre aux autres
Gentilz-hommes la verité de l'hiftoire s'en retournerent
à Florence, racontans tout le difcours au Duc, qui
demoura fort eftonné du cœur & grande patience de
Lorette. Laquelle bientoft conioincte par mariage auec
le feigneur Anthoine, les nopces celebrées au contentement des deux amans, qui auoyent paffé tant de longues nuictz en piteux & lamentables regretz, fe recom-
penferent d'vne fi fafcheufe & longue attente, multi-
pliant leur mefnage par nombre de beaux enfans, auec
entiere & heureufe fatisfaction des defplaifirs fouffertz,
iufques à ce qu'il pleut au Seigneur les feparer de ce
monde, pour leur donner iouyffance de la vie eternelle.

CESTE HISTOIRE mes Dames, donne à cognoiftre
combien que l'iffue en ait efté vertueufe & louable,
toutesfois il fault dire fortune auoir efté plus fauorable
à cefte dame que non pas fa propre prudence. Fault
dauantage que cecy ferue d'exemple aux plus grandes
de ne fuyure telz fentiers : aufquelz (d'autant que le
retour n'eft des plus certains) on fe doit garder d'y
entrer, car l'experience des plaifirs ne vient iamais fans
amener de l'amertume : & contre vn petit bien que lon
reçoit le plus heureux en deuient cent fois plus trifte.

COMPTE LII.

L'amour neſt volontiers d'vn regard & d'vne continuelle frequen-
tation, car les yeux de l'amant ſont les portes par ou l'entrée eſt faicte
aux corps qui bleſſent le cœur, puis la priuauté frequente engendre des
penſees ſi profondes, troubles & infectes, que peu à peu croiſt l'enuie
de iouyr du paſſionné plaiſir, touchant ſi au vif l'interieur des plus
grandes que s'ilz fouruoyent le chemin de vertu, lors comme tenans
vne vie hors de tout ſentiment ſe laiſſent tomber en tous les vices de
la chair trop volontaire & au lieu d'eſtre en repos, deſcendent ſi bas
du ſigue principal de l'honneur, que le retour s'en voit du tout perdu.
D'auantage leur liberté eſt tant eſtroictement captiuée, que le forſaire
eſtant en gallere n'eſt point ſi ſerf, par ce que vne telle marque
enclauée vne fois ſur la femme, pour iamais ne peut eſtre effacée.

V viuant du roy Henry regnant en Angle-
terre (comme prince fort craint & reueré)
ſuyuoient en ſa court vne infinité de grans
Seigneurs de ſon ſang, ſans les autres gentilzhommes de ſa ſuyte ordinaire : Entre leſquelz l'vn de ſes plus priuez domeſtiques auoit vn ieune
page nommé Florimond, qui pour ſa beauté non moins
grande qu'accompagnée d'vn maintien fort modeſte,
fut en telle opinion du Roy qu'apres l'auoir demandé à
ſon maiſtre l'ordonna eſtre page d'honneur de ſa
chambre pour le ſeruir en toutes affaires ſecrettes. Et
tant lui fut aggréable ſon ſeruice que c'eſtoit celuy
(meſme entre les ſiens) auquel plus voluntiers comman-

doit. Ce ieune milor (aagé feulement de treize à qua-
torze ans) fe monftroit fi bien nay, qu'à danfer, ieuër à
la paulme, luéter, fauter, & tous autres exercices en
quoy vouloit s'employer meritoit place, felon l'aage,
entre les mieux faifans. Au refte fort bien receu des
dames de la cour : enuers lefquelles maintenoit vne
obeïffance de fi bonne volunté que veu l'affeurance &
les propos qu'il tenoit, vn chacun iugeoit & promettoit
beaucoup de fa grandeur. En cefte cour faifoit fa demeure ordinaire vne ieune dame fort riche des mieux
eftimée & apparentée du Royaume, laquelle eftoit delaiffée vefue d'vn grand feigneur, fans aucune lignée,
& pour le regret de fon mary, au moyen de l'amour
parfaiéte qu'elle lui portoit, auoit arrefté en foymefme
vne deliberation tant opiniaftre, qu'en ce, voulant fuyure les anciennes veufues Romaines, tenoit toufiours
opinion ferme de ne fouffrir iamais la fubieétion du mariage. Toutesfois fa delicate ieuneffe foyble pour refifter
à fon vouloir, voyant en cefte cour tant de feigneurs
& Gentilzhommes qui luy prefentoyent le cœur & les
biens pour la feruir, ne luy donnoit aucun repoz, mais
tant de diuerfes penfées, que pour fouyr l'occafion de
vne infinité de pourfuytes, penfant fagement faire s'ar-
refta de choifir quelque ieune Gentilhomme, pour le dreffer & nourrir en toutes chofes dignes d'vn homme qui
veut eftre eftimé entre les plus vaillans, combien que ce
deffein fut boys propre pour brufler vn cœur le plus
chafte du monde, toutesfois par cefte occupation efperoit adoucir partie de fa melencolie. Or apres auoir
regardé toutes les contenances des ieunes & des vieilz
felon fon iugement, ne trouua perfonne plus capable

de telle nourriture, que le petit Florimond, qui en
beauté & bonne grace (aagé feulement de dixhuit ans)
fembloit nature l'auoir efleu pour chef d'œuure de
toute perfection. Ayant doncq' fur luy iecté fon fort
continuellement le regardoit, & paffant plus outre, fouuent l'interroguoit deuant la troupe des Gentilzhommes de plufieurs propos. Amour fubtil qui endort les
fens de ceux qui s'y fient, tellement que les plus clair
voyans font aueugles, toucha fi viuement le plus profond du cœur de cefte veufue, qu'en vn inftant
commença à couuer vn ieune feu petit & fecret par le
milieu de fes entrailles, qui par chacun iour ainfi que
croiffoit l'aage de Florimond, de femblable ardeur
s'augmentoit la chaleur de la dame. Laquelle oubliant
l'aufterité de fon veu (comme preffée d'vn mal fi nouueau) fe trouuant vn iour en paffant par vne galerie
tout refueur, regardant en vne feneftre deuant la compagnie de fes Damoyfelles, ne fe peut garder d'vfer de
tel language : Que faictes vous icy Florimond ? eft ce la
contenance d'vn Gentilhomme de veoir paffer les dames
fans les faluer? vrayement vous eftes bien aprins : Or
fus paffez deuant & voyons vn petit la grace qu'aurez
à nous conduire. Le pauure Florimond tout eftonné
d'eftre ainfi reprins, s'auence à ce commandemant en
la place d'vn Efcuyer. Ma dame qui fentoit vn grand
plaifir de l'auoir en priuée compagnie (afin qu'on ne
cogneuft fon entreprife) dift à fes femmes: Laiffez moy
faire nous rirons tantoft de noftre Efcuyer. Sur ce propos (ayant gaigné fa chambre) le petit Florimond, le
genoil en terre, voulut prendre congé : mais elle qui
defiroit fa prefence plus longue luy dift : Vous demou-

rerez vn peu noſtre maiſtre, i'ay enuie de vous gouuerner : ſoudainement apres l'auoir faiƈt mettre tout au
milieu de ſes femmes, continua ſes propos. Or ça mon
mignon, depuis quand auez vous veu la dame, de laquelle eſtes ſeruiteur ? Florimond oyant parler d'Amour
(comme choſe fort nouuelle, à quoy iamais n'auoit
penſé) demoura tout eſtonné, baiſſant la veuë, craignant
merueilleuſement, ſoubz telles parolles que ma dame
luy voulut braſſer des coups de fouet. _Ses damoyſelles_
qui fauorablement ſouſtenoyent ſa cauſe, ie prierent
doucement faire ſon deuoir de confeſſer verité, afin de
ſatisſaire à leur maiſtreſſe : ainſi tant le preſſerent
qu'ayant vn peu reprins ſes eſpritz reſpond : Ie vous
aſſeure, ma Dame, ie n'en ay point. Comment? Eſt il
poſſible qu'vn Gentilhomme ſi bien nourry que vous
ſoit ſans amye? A tout le moins diƈtes moy, qui eſt
celle qu'auez enuie de choyſir pour gaigner ſa faueur.
Florimond n'ayant oncques ſenty l'ardeur ni les poin-
gnans effeƈtz du petit archer ne pouuoit auoir meilleure
contenance que de tourner ſon bonnet entre les mains.
Quand ma dame le cogneut ſi honteux lui replique : Ie
croy qu'à la fin perdez toute grace en trop reſuant : eſtes vous tant ſecret, ou bien eſt ce crainte que moy ou
mes damoyſelles portions enuye à voz amours? Ie vous
aſſeure ſi demourez en telle opinion, vous eſtes du tout
trompé : parquoy ne vous tenez en plus longue attente,
ſans nommer voſtre maiſtreſſe, pour cognoiſtre ſi le
choix qu'auez faiƈt, eſt digne d'eſtre eſtimé & aymé. Sur
mon Dieu, ma dame, ie n'euz oncques maiſtreſſe ne
dame, & ne penſay en ma vie d'en choiſir aucune. O pauure Gentilhomme (continue la dame) failly de cœur & de

volunté vous ne guarirez iamais du fot, veu depuis
qu'eftes en cefte cour auez fi mal retenu tant d'exemples
qui font paffés deuant voz yeux par les braues tour-
noys, & infinité de grandz faictz d'armes courageufe-
ment executez en la faueur des dames : Pauure homme
defpourueu, ou eft voftre efprit endormy? penfez vous
fans l'amour (qui tout conduyt) tant de defpences accompagnées de fi hautes entreprinfes, pouuoir eftre
accomplies? Ie plains fort qu'vn tel courage (tenant
tout le monde en efperance de quelque chofe de bien
grand) foit en peu de temps efperduement affoibly. Le
pauure Florimond chaftié de fi rigoureux termes n'eut
recours qu'à fes larmes. Mais les damoyfelles (defcou-
urans leur maiftreffe rire de ce qu'ainfi l'auoit eftonné)
la fupplierent pour ce coup luy vouloir pardonner:
& que s'il auoit eu par le paffé l'efprit fi endormy, de
n'auoir fuyuy le feruice des dames qu'à l'aduenir feroit
plus curieux à pourchaffer dedans peu de temps
maiftreffe, digne du nom d'amye. Ie m'affeure, dift la
dame, le cognoiftre fi efperdu de fon bon fens, qu'impoffible luy feroit de pourfuyure chemin tant ayfé.
Qu'en dictes vous beau fire? il femble qu'ayez l'entendement rauy, donnez moy pour le moins affeurance des
propos que tiennent mes Damoyfelles en voftre faueur.
Florimond ayant obtenu congé de parler, comme pour
efchapper fift refponce, Ie vous prometz ma dame de
ainfi le faire. Or doncques maintenant pouuez partir, à
la charge de vous trouuer demain à l'heure qu'auez
efté rencontré en la gallerie, pour me rendre certaine
du lieu ou voulez voftre affection prendre commencement, fur peine de receuoir eftroicte punition. Ainfi le

petit Florimond forty (ce lui fembloit) d'vn dangereux
paffage, penfoit & refuoit extremement aux propos fauorables, venant de la part de ma dame : toutesfois
au moyen de la grandeur de fa maifon, doutoit bien
fort eftre tenu à fon auantage : mais le prenant au pis,
pour n'auoir l'experience qu'Amour (fans acception des
perfonnes) fouuent s'attache aux plus haultz lieux,
fuyoit à fon pouuoir la dame, en crainte de retomber
entre fes mains : de forte qu'en tous les feftins, faictz
par le Roy ou il eftoit contrainct d'eftre prefent pour le
feruir, s'efloignoit de la veüe d'elle & de fes damoyfelles, qui l'ayant defcouuert vn iour qu'il fe cachoit pour
la faueur de leur maiftreffe, l'appelerent incontinent,
luy remonftrans qu'on l'eftimeroit mal gracieux d'ainfi
habandonner le feruice des damoyfelles. Florimond
(d'vne honnefte contenance) s'efforça d'excufer fa faulte.
La dame d'autre cofté prefente au difner du Roy, trauerfant l'œil de part en part de la falle, apperceut le
debat, parquoy foudain le fit appeller, luy difant telles parolles, trouuez vous incontinent à l'iffue du difner, dedans
la gallerie par laquelle ie monte en ma chambre, pour
porter vn meffage en la ville, touchant mes affaires,
par ce moyen vous ferez mon grand amy. Le petit milor oyant propoz fi doucement proferez (eftimant ma
dame auoir oublié la promeffe qu'elle auoit faict) n'ofa
faillir de fe trouuer au lieu ordonné, pour obeïr à fon
commandement. Ou bien toft apres fe voulant retirer
ma dame paffe, rencontrant Florimond, auquel d'vn vifage gracieux commande marcher deuant en fa chambre, ou felon fa volonté fe trouuant feule auecques fes
damoyfelles, commence à contrefaire la courroucée par

le difcours de telz propoz : Ou eſt l'execution de la foy
que m'auez promiſe en fuyant ma preſence par tant de
iours quelle vengeance & punition merite l'oubliance
d'vn laſche courage fauçant la promeſſe enuers celle qui
ſe preſente à vos yeux ? A ces rigoureuſes parolles ne
penſant ſouffrir moindre rigueur qu'vne mort : tout
foudain ſe met à genoux requerant humble pardon.
Ma dame, regardant ſes femmes qui cachoient leur
viſage pour plus couuertement foubzrire, diſoit : Ie
vous prie que chacune particulierement iuge de quel
chaſtiment eſt digne vn menteur, meſmes celuy qui faifant la profeſſion d'vn Gentilhomme en trompant les
dames, faiſt vn ſi grand tort à ſa reputation, que d'vſer
de menſonges. Toutes ſes damoyſelles autant & plus
ayſes que la maiſtreſſe d'ainſi veoir ce ieune Gentilhomme eſtre manié, faiſoient reſponce propre à ſon
intention, diſans qu'à la verité il auoit grandement for-
faiſt enuers elle, mais le voyant par continuelles larmes,
en crainte extreme ſupplier & demander mercy de la
faute (qu'il penſoit encores plus lourde, qu'on ne la faifoit) prioyent toutes affeſtueuſement la Dame de vouloir pour ceſte fois remettre l'offence, auſſi qu'impoſſible luy feroit (veu ſa ieuneſſe) en ſi peu de temps
pouuoir choiſir maiſtreſſe ſelon le merite de ſon cœur.
D'auantage, diſoyent elles, nous le ſoupçonnons auoir
eſleu Dame en ſi hault degré d'honneur conſtituée,
que pour mourir ne la voudroit nommer à tant de teſ-
moins craignant poſſible de deſcouurir choſe qui pourroit apres cauſer la totale perte de ſon bien. Mais vous
ſeule pourrez peut eſtre, ſçauoir tout ſon ſecret. Ma
dame qui ne demandoit pas mieux qu'vne legere occa-

fion de le tirer à part (faignant toutesfois le faire par
maniere d'acquit) luy dift : Or ça donc noftre maiftre
venez approchez vous de moy. Ainfi l'ayant retiré loing
de toutes fes femmes à cofté d'vn petit lict le prend
humainement par la main, fans eftre aperceuë, & chan-
geant au mefme inftant cefte rigueur, par l'inimitié du
temps fainte & cachée, en vn affectionné & gracieux
vifage, prononça femblables motz : Ie vous prie Florimond ne craiguez en rien du monde de me confeffer
verité, comme certain de ne pouuoir eftimer le bien
qui vous eft preparé foubz ma faueur, vous affeurant
que les propos tenuz deuant mes damoyfelles (quelque
rigueur qu'ayez peu cognoiftre en iceux) n'ont efté de
moi proferez finon d'autant que ie defire voftre auantage autant & plus que l'homme viuant, partant ne
differez à me dire qui eft la femme en ce monde, que
plus defirez aymer & feruir. Le pauure Florimond ayant
toufiours douté du danger, caufe de fouuentesfois faire
trebucher ceux qui en trop haut lieu s'auancent, comme
celuy auquel l'aage faifoit croiftre le bon fens & iugement, ne voulut prefumer fa perfonne pouuoir penfer
attaindre au feruice d'vne tant honnorable maiftreffe.
Doncqu'afin d'effayer fi fes parolles pleines d'amytié
procedoyent de l'interieur du cœur, pour fatisfaire
auffi à fes continuelles prieres, s'aduifa de nommer à
l'auenture une ieune damoyfelle aagée de treize à qua-
torze ans, qu'autresfois auoit frequentée feulement pour
auoir efté nourriz ieunes enfemble. La dame fagement
defcouurant que c'eftoit vne amytié choyfie à la volée,
luy replique: Mon amy l'entendement vous fault au befoing : car d'auancement, contentement ou plaifir ne

pouuez auoir d'vne fille tant ieune, quelz biens & honneurs
pourrez vous acquerir par fon fupport? affeurement vn
fi ieune fubiect n'eft pas fuffifant pour moyenner voftre
heur d'attaindre & paruenir iufques au reng des plus
vaillantz : mais au contraire deuez choifir dame plus
fage, accompagnée de bonnes vertuz, & fuffifante beauté
d'vn noble & plus hault lieu que cefte Infante : d'auantage qui foit riche, de grace & iugement, tel que par
fi fauorable occafion voftre efprit efueillé du profond
fomme de pareffe, fouftenu par fa puiffance & grandeur en l'aymant loyaument, cela vous imprime & faffe
cognoiftre l'excellence d'amour, enfemble le bien qui
en vient : attouchant par fon fecours iufques au principal degré d'honneur qui faict eternellement reluyre la
vertu des hommes. Mais il fault qu'en ce nouueau feruice vous foyez humble, non variable, fecret & que fur
tout il n'y ait viuante creature fur la terre qui puiffe
cognoiftre la moindre partie du faict de la perfonne
aymée : fi ne voulez en fcandalizant l'honneur de voftre
dame (outre le danger ou pourriez mettre la vie de
tous deux) acquerir le nom d'vn lafche & mefchant. Ie
vous fupplie à ce coup dictes moy fi auez enuie de fuyure
mon confeil. Le petit Florimond ayant la veuë baiffée,
& tranfportée de la douceur de fes propos, fentant ie
ne fçay quoy qui doucement, fans fe pouuoir defendre,
rauiffoit fon cœur du lieu propre de fa refidence, luy
refpond : Tres voluntiers ma dame & de bien bon
cœur : mais qui eft la dame enrichie de tant de dons,
qui me vouluft pour feruiteur, eftant en toutes les chofes neceffaires pour la iouïffance d'vn tel bien fi fauorifé
de fortune. Comment, replique la Dame, n'eftes vous

pas Gentilhomme, ayant la volunté parfaite & loyalle
pour accomplir les commandemens d'vne maiftreffe?
N'auez vous point le cœur capable pour mettre voftre
ieuneffe en auant afin de chercher l'heur que fans y
penfer vous peut eftre preparé? Ma dame ie crains bien
fort (me penfant auancer) qu'en tel endroiɛt ie m'a-
dreffe, ou cuydant trouuer quelque gracieux contentement, foudain vn mal plaifant refus me foit tant brauement prefenté que la honte en demeure à iamais fur
moy, comme à l'exemple de plufieurs lon fe doit rendre fage. La dame l'entendant parler auec raifon fuyuie
de bonne grace fans auoir cognoiffance de fon affeɛtion,
ne peut porter dauantage fa bleffeure interieure par trop
long temps tenuë couuerte tellement qu'oubliant tout
le foing qu'on doit auoir de conferuer l'honneur, fes
biens & la grandeur, pouffée de l'ardeur & vehemence
d'amour commence à dire : Mon petit Florimond
comme Gentilhomme de foy, & d'affeurée fidelité fur le
peril de voftre ame me promettez qu'en quelque danger ou crainte de mort que vous puiffiez tomber, ne
reuellerez à homme viuant le fecret de mon cœur, dont
delibere prefentement faire ouuerture. Ouy, ma dame,
ie vous iure fur mon Dieu. Puis qu'ainfi eft (pourfuyt
la Dame) que tant ie m'oublie de me fier en homme
(la volunté duquel m'eft incogneuë) fi par fortune i'a-
uois enuie de vous choifir pour feruiteur, afin d'auancer voftre ieuneffe en biens, eftatz, & honneurs, pour-
rois-ie affeurement faire ce gaing fur vous d'vne ferme
& perpetuelle obeïffance enuers moy? Florimond (qui
n'auoit iamais fenty les ardeurs de l'amour) fentit au
mefme inftant vne fi grande multitude d'eftincelles du

plus chault feu qui voltigeoient à l'entour de fon cœur
& le touchoient fi viuement, qu'à chacun mot de fes
derniers propos fembloit eftre rauy : de forte qu'il demeura fans refpondre (fi non long temps apres eftre
reuenu à luy) fe met à genoux deuant ma dame, en luy
difant humblement, ie fupplie le Seigneur de me faire
cefte grace qu'vn iour (ma treshonorée dame) ayez
parfaicte cognoiffance de l'affection que i'ay de vous
obeyr entierement : affeurant voftre bonté & douceur
(de laquelle auez vfé envers ce pauure efclaue) n'auoir
autre defir pour m'efforcer à conferuer ma vie, fi ce
n'eft pour tout iamais l'employer en voftre perpetuel
& fidelle feruice. Si veritablement demeurez conftant
fans varier nullement de voz promeffes, pouuez eftre
certain, dift la dame, qu'auec le temps aurez parfaicte
cognoiffance de combien vous proffitera mon amytié :
laquelle ne ferez faulte tenir touiours couuerte, & fur
peine d'offence quand partirez d'auec moy ne monftre-
rez autre contenance au vifage deuant mes femmes
que celuy d'vn homme fort mal content. Doncq pour
confirmation du bon vouloir foubz efperance de mieux,
voylà cinquante efcuz que ie vous donne, afin qu'ayez
moyen de porter accouftremens propres pour eftre re-
marqué entre les plus braues. Ainfi ce premier commencement d'amytié conclud, faifant femblant d'eftre bien
courroucée, fe retire d'aupres de luy, en difant à fes
damoyfelles : pour vn ieune homme i'ay gouuerné le
plus fot & opiniaftre que i'ay gueres cogneu, iamais ne
m'a efté poffible de tirer vn mot veritable de fon cœur:
Allez mal aprins & de mauuaife grace, retirez vous vne
autre fois ie fçauray voftre vie. Florimond, apres auoir

receu ceſt argent (comme n'ayant accouſtumé d'auoir
grandes finances) ſe trouua merueilleuſement content
d'vne ſi fauorable rencontre, tellement que l'enuie luy
creut d'entretenir vne liberalité tant ouuerte. Et au
pluſtoſt fiſt deſpeſcher nouueaux habillemens pour
monſtrer le deuoir qu'il faiſoit d'obeir à ma dame : laquelle paſſionnée de la beauté & adreſſe du ieune Milor,
n'eſtimoit autre contentement qu'à voir ſortir le fruiƈt
de ſa nourriture, qui proffita en ſi peu de temps, qu'entre tous les Gentilzhommes de la court ne ſe trouuoit
vn mieux accomply ieune homme, qui eſtant de tous
eſtimé en croiſſant l'aage creut auſſi & redoubla l'enuie
à ma dame de cognoiſtre l'experience de ſa force en
l'amoureux effeƈt : mais doutant, pour eſtre ſi fauorablement entretenu d'elle de mille faueurs & argent que
cela à la fin peuſt faire bruire par la court vn enuieux
ſoupçon, le trouuant vn iour en la gallerie comme de
couſtume deuant ſes femmes, & ſoubz couleur d'vne
feinte enuie de ſçauoir le nom de ſa maiſtreſſe, luy tenoit touſiours d'vne douce aſpreté propos rigoureux,
pour auoir meilleur moyen de couurir le deſſein, ou
toutes ſes penſees ſe dreſſoyent. Ainſi apres s'eſtre con-
tentée pour vn temps de l'œil, & du parler, comme
celle qui deſiroit ioindre ſon amoureuſe & paſſionnée
moytié, luy diſt : Mon grand amy, ce n'eſt pas tout que
d'aymer, mais fault ſi ſagement conduire l'amour que
des hommes (qui touſiours eſpie à deſcouurir les
amans) ne nous face tomber en vn ſort malheureux.
Parquoy pour euiter le danger vous changerez le continuel ſeiour de la gallerie au chemin d'vn iardin qui
reſpond en la rue, duquel vous bailleray la clef, & ſoubz

cefte faueur quand me prendra l'enuie de vous communiquer le precieux point de l'amour, ne faudrez à venir
lors que ie mettray vn curedent en ma bouche : vous
d'autre cofté me faifant entendre qu'auez cogneu ce fignal ferez femblant de frotter voftre œil droiét. Et fur
le foir eftant retirée feule en ma chambre pourrez feurement entrer au iardin. La conclufion prinfe, bien toft apres
ma dame enuieufe de cognoiftre l'adreffe de fon bien
aymé, monftre le fignal promis : auquel comme celuy qui
auoit l'œil à commandement ne fut pareffeux d'y toucher
incontinent, faignant y auoir vne ordure : puis fecrettement s'abfente du foupper, attendant l'heure fauorable,
laquelle venue, fut vigilant à trouuer l'entrée du iardin :
dedans lequel rencontrant ma dame defcendue par vne
viz defrobée qui l'attendoit en bonne deuotion, fans
confommer le temps en longs propos, l'embraffa tant
eftroitement & d'vn baifer fi long, que le ieune Cheualier apprenty du nouueau trauail à la premiere rencontre, veu l'aage, fe trouua fi bien faifant fon deuoir,
qu'au ioindre n'y eut celuy des deux qui ne fut rauy en
fon contentement. Ainfi l'ayant fenty capable du paffionné feruice, continua femblables parolles : Florimond
ces iours paffez la Royne, pour voftre heureux commencement m'a promis de vous faire Gentilhomme feruant de fa maifon, mais d'autant que vn tel bien vient
de ma pourfuyte, pour cela (comme vn Gentilhomme
fage & aduifé) ne vous monftrez tant foit peu orgueil-
leux, ne de parler ou faire aucun figne par l'indifcretion
duquel on puiffe foupçonner la moindre partie du fecret
plaifir d'entre nous deux, fi ne voulez perdre l'augmentation de voftre honneur, enfemble l'amytié parfaiéte,

dont auez certaine cognoiſſance. Ma dame reſpond
Florimond pluſtoſt m'auienne la mort qu'en nulle ſorte
ie puiſſe offencer voſtre excellence, laquelle toute ma vie
ie deſire de ſi bon cœur ſeruir que par deſſus tous les
heurs qu'on puiſſe preſenter à mes yeux, celuy me ſera
trop plus aggreable quand ie ſçauray en vous obeiſſant
faire ſeruice qui vous plaiſe. Le lendemain le petit Florimond ſeruant les dames, la Royne (en la preſence du
Roy) lui commanda trencher deuant elle, à quoy d'vne
gentille grace fiſt tellement ſon deuoir, que le Roy
meſmes comme de couſtume le voulut reſeruer pour luy,
commandant eſtre couché en l'eſtat de ſes Gentilzhommes ſeruantz, & par ce degré attira ſi doucement les
cœurs de tous, qu'euſſiez proprement dict que les hommes, les dames, fortune & le temps, auoyent enſemble
faict vn accord de fauorizer entierement la grandeur de
Florimond : qui fut aduancé en ſi grandz biens qu'ayant
attaint l'aage de porter les armes auoit acquis ſur tous
les Gentilzhommes de la court tant d'auantage qu'on
ne trouuoit rien bien entreprins pour paruenir à ſa
perfection, ſi le Milor Florimond n'eſtoit le principal
conducteur de l'entreprinſe. Or Dieu ſçait ſi ma dame
ayant faict tant excellente nourriture en ſaiſoit ſon proffit : vous aſſeurant que s'il eſtoit employé aux affaires
de conſequence durant la guerre, en paix auoit beaucoup moindre repos : d'autant que ſi ſouuent trauailloit à l'execution du ſignal amoureux qu'en tel trauail
ma dame ſe ſentoit fort ſatisfaicte du prouffit qu'auoit
rendu ſon argent employé à la nourriture du Gentilhomme, qui pour adoucir ſes alterées paſſions la re-
compenſoit d'vn plaiſir ſi gracieux qu'à le receuoir y

paffa la plufpart de maintes fecrettes nuiꞔz. Mais
Amour qui ne laiffe gueres fes fubieꞔz fans leur mefler
de l'aigre auec le doux, fembloit quafi fafché d'auoir fi
long temps amoureufement traiꞔé ces deux paffionnez.
Fortune auffi enuieufe de l'vnion d'vne loyalle & par-
faiꞔe amytié par vn mortel defaftre apprefta piteux
& foudain changement. Par ce que le Roy ayant entreprins la guerre contre les Efcoffois, au lieu d'obeir
à l'amour fallut chafcun fe preparer aux armes. La
dame cognoiffant fa nourriture foubz la conduiꞔe de
fon fecours couuert, eftre en vn merueilleux credit enuers le Prince, comme certaine en fon efprit (eftant
paruenu au degré qu'elle efperoit le mettre) de l'efpoufer, & faire apertement poffeffeur & maiftre du bien ·
que de long temps iouyffoit en fecret, employa tout
fon pouuoir pour luy faire donner la principale charge
de l'armée. Et fceut fi fagement conduire & mettre en
effeꞔ fes menées, auec l'opinion bonne qu'il auoit gaigné enuers le Roy & la Royne qu'on le conftitua colo·
nel de la fanterie. Au partir du congé gracieux fut
donné le trifte à Dieu : car la dame ayant receu le
dernier plaifir de celuy qu'elle eftimoit viure fon ame,
le lendemain apres l'auoir veu particulierement prendre
congé de toutes les dames, fe retira feule en fa chambre, mettant deuant fes yeux vne infinité de difcours
fafcheux, pour les hazardz de la guerre qui par chacun
iour croiffoyent tellement en fon cœur que mille & mille
fois la nuiꞔt fe repentoit d'auoir efté l'occafion d'vn tel
departement, regrettant à chafcune heure fa prefence :
d'auantage tous les plaifirs ordinaires en la court, luy
fembloyent entierement contraires à tout fon contente-

ment, fans vouloir prendre autre confolation qu'à penfer au retour de fon Florimond. Maintenant la nuict en
fongeant, le penfoit voir combatre ayant tué fon ennemy, & comme victorieux retourner au camp. Vne autre fois le figuroit auoir efté iecté par terre à la rencontre, duquel choc auffi foudain pour crainte de pis
f'efueilloit en fourfaut, & d'vn fi hault cry que fouuent
fes damoyfelles, doutant leur maiftreffe grieuement malade, accouroyent au fecours. Tant continua cefte trifte
& defolée façon de viure, que la couleur viue par nature
(qui l'enrichiffoit d'excellente beauté) changea en vne
couleur pafle & fi piteufement deffaicte, qu'à chacun de
la court fembloit fa maladie fort eftrange. Car pour
remede qu'elle s'efforçaft de faire, afin d'appaifer l'ac-
cuité de fon mal, le petit archer fi viuement auoit attaint & empoyfonné le fiege principal de la raifon,
qu'impoffible lui eftoit de changer fa trifteffe, par laquelle monftroit (en prefence de la Royne & des dames) fa contenance eftre fouuent efgarée, aueq'telles
& fi frequentes deffaillances de cœur, qu'à cefte occafion fut contrainte de demeurer au lict, pour plus à
fon ayfe plaindre la douleur que l'inconftance & traitreffe
fortune luy auoit long temps a machiné. Mefme eftant
au fort de fes paffions le Roy qui auoit eu nouuelles
d'vne legere deffaicte d'Ecoffois, ou de malheur à la
premiere furie le pauure Florimond auoit efté tué, l'eftimant pouuoir prendre plaifir au difcours d'vn tel combat, fans auoir defcouuert en forte du monde les
poignantz effectz de l'extreme amour du Gentilhomme,
luy enuoya faire le compte par vn fien Efcuyer : qui
difcourant de la victoire le nombre des prins & des

bleffez, puis mettant le ieune milor Florimond au nombre des mortz, en vn inftant la pauure & languiffante dame, fans attendre paffer plus outre fon trifte parler, luy dict : monfieur retirez vous : car ie n'en puis plus. Le pauure Gentilhomme tout eftonné d'vne fi foudaine foibleffe, fe retire au grand pas vers le Roy, qu'il aduertift de cefte vehemente furprinfe de cœur. Mais incontinent comme oultrée de douleur ioignant les mains au ciel, commença à dire : O forte tribulation ! O malheur, eftrangement mortel ! defpiteufe & variable fortune, tant tu m'es defauorable : failloit il que ie fuffe fi fotte d'auoir fait un acte, pour en receuoir perte en douleur fi extreme, & hors de tout efpoir? O malheureufe que ie fuis d'auoir employé le malheur de mes ans en erreur tant folle, fans la ferme refiftance dont ie deuois conferuer la grandeur du lieu que ie tiens. Certes à bon droict ie fouffre la punition qui m'appartient, confeffant l'auoir meritée cent fois pire, ayant follement plus aymé mon plaifir que l'honneur immortel & la crainte de mon Dieu. En faifant tant de pitoyables exclamations, accompagnées d'vne infinité de regretz s'oublia tellement que fa nature delicate ne pouuant porter vn fi dur effort par la violence de la douleur extreme fe rompit vne veine, qui luy caufa fi grande perte de fang qu'auant que le Roy & la Royne (qui la venoient vifiter auec leurs medecins) fuffent arriuez, & ainfi qu'ilz entroient en la chambre, la pauure ame abandonnée des forces naturelles du corps, & preffée du dernier mal, fut contrainte d'abandonner fon fiege, pour s'enuoller au ciel.

Mes DAMES faictes moy tant de faueur en lifant

cefte hiftoire, de bien iuger en voz fages difputes la
nourriture qu'a fait cefte dame en faifant croiftre par le
menu vne tache fi orde à fon honneur, qui s'eft engen-
drée d'vne petite eftincelle nourrie par fa vie efgarée
entre les voluptez. De forte que pour efteindre vn feu
poufcé d'ardeur fi violente n'y a eau plus propre qu'en
la bonté de Dieu mettant raifon deuant les yeux : laquelle emprainte vne fois au fiege de l'ame armera les
fages de penfées vertueufes : qui feront ruminer & penfer le dommage qu'on peut faire à fa reputation de fe
laiffer vaincre par vne fotte paffion, chancellant en vn
chemin efpineux & puant, pour delaiffer la fanté belle
& remplie d'vne infinité de vertuz odoriferentes. Puis
l'excellente garde de viduité (fi on ne fe peut contenir) fera
preferer lien du mariage, permis fans offence, à l'amour
lafcif, & deffendu. Affeurement telles penfées bonnes en
engendreront tant d'autres, qui tellement confirmeront
le defir, que bonne volonté de bien faire, & fuyr l'amour
impudic demeurera à iamais au plus profond de l'interieur du cœur.

COMPTE LIII.

Tout ainſi qu'vn Gentilhomme faiſant profeſſion des armes, ſi vne
fois en affaire de conſequence ou moindre donne à cognoiſtre à l'effeâ
vn petit point de couardiſe, ou face aâe duquel il ſoit en reproche entre
les plus vaillantz, ne peult facilement retourner au premier degré de
ſon honneur que touſiours ne demeure quelque marque en ſa réputa-
tion, au ſemblable ſi les dames roydes pour vn temps en la conſerua-
tion de leur honneur tant s'oubliant que de permettre par vne ſotte
& amoureuſe paſſion vn bien peu entreprendre ſur la partie tant
recommandée, aſſeurement ceſte plante croiſt d'vne telle profondité qu'à
la fin offuſque l'excellence de leur vertu, ſans iamais pouuoir retourner
en ſon entier & premier eſtat.

'AY ſçeu pour certain depuis peu de iours
qu'vn Gentilhomme ayant charge d'impor-
tance & employé aux affaires de la guerre
comme l'vn des adroiâz & hardiz capitaines
qui fuſt en France, pendant que les armes
auoient repos, attendant meilleure occaſion d'eſtre employé
pour deſrober tous les plaiſirs dont il ſe pourroit auiſer,
ſeiournoit en vne des plus grandes villes de ce Royaume,
ou eſperant recouurer les arrerages de l'amour qu'vne
longueur de guerre luy auoit tenuë en eſpargne ſoubz
ſon authorité, trouuoit moyen d'eſtre appellé ſouuent
aux feſtins ou toutes les plus braues damoyſelles s'aſ-
ſembloient pour faire paroir leurs differentes beautez,

eſtant ſi fauorablement receu pour ſa vertu & facilité
de bien dire, que toutes perſonnes de iugement l'a-
uoient en ſinguliere opinion, ſpecialement les dames,
entre leſquelles comme enuieux d'auoir iouyſſance de
l'excellence d'vne ſelon ſon gré, choyſie long temps
auoit pour maiſtreſſe, s'efforça de faire tout le deuoir
qu'vn ſeruiteur peut faire, afin d'entrer en grace & amortir la vieille ardeur de ſon feu. Ainſi voulant reprendre
les premiers traictz dę ſa pourſuyte vn iour maſqué, en
compagnie priuée mena dancer ceſte dame, en quoy
ayant faict fort bien ſon deuoir, comme celuy qui ſentoit l'amour le pouſſer de bien pres, s'efforça ſecrettement à luy deſcouurir l'interieur de ſon cœur, ſelon les
propos accouſtumez en telle paſſion que ſouuent il auoit
practiquez : Mais elle qui ne luy deuoit rien en reſponce, arreſta ſoudain ſa harengue par vne aſſeurance
de ne vouloir rien aymer ou eſtimer, que ſon mary,
affermant eſtre ſon ſeul but, ſans auoir iamais enuie de
luy faire autre promeſſe. Toutesfois le Gentilhomme
pour ceſte reſponſe ne laiſſa de pourſuyure viuement
la iouyſſance qui contraint ſouuent ſouſpirer vn cœur
paſſionné, pour toute reſolution ne trouua autre affection en elle qu'vne fermeté de ne changer vn mary
certain pour l'incertitude de l'amy : ce qu'il ne creut
facilement, veu l'imbecilité de celuy qu'elle ſe vantoit
tant aymer, qui la permettoit continuellement frequenter toutes compagnies : plus les brauetez & pompes
dont ſouuent s'accouſtroit auecq' la ſuyte des contenances propres pour faire cognoiſtre telles mignardiſes
amoureuſes n'eſtre entretenues que pour le contentement d'vn ſeruiteur ſecret & non d'vn mal aduiſé mary,

voyant auſſi troublé que le ſien. En ceſte opinion, flatté
d'vne vaine eſperance, delibera diſſimuler ſon entreprinſe, s'enquerant ſi curieuſement du fait de la dame
qu'à la fin la deſcouurit auoir aſſis ſon cœur en autre
endroit. Le Gentilhomme ſentant ſa perſonne autant
meriter en l'amour qu'homme qui ſe peuſt preſenter,
trouua moyen d'auoir logis tout au plus pres de ſa maiſon, mais pour toute recompenſe ne pouuant receuoir
plus grand plaiſir qu'vne rigueur de viſage, accompagné
d'vn mal plaiſant refus, s'aduiſa de peu à peu prendre
accointance à ſa chambriere, qu'il ſceut bien gaigner
de preſens & douces parolles, qu'auant de paruenir au
principal de ſon vouloir, iouyſt tant amoureuſement du
corps de la ſeruante, que tous les ſecretz de ſa maiſtreſſe, luy furent entierement deſcouuertz, meſmement
qu'vn ieune Gentilhomme de la ville auoit acquis telle
puiſſance enuers elle, que le deſſein ou toutes ſes penſées ſe dreſſoyent, eſtoit de l'auoir ſouuent en ſa maiſon
pour chercher le ſecours de leurs alterées paſſions,
d'auantage iouiſſoit à la defrobée du precieux point de
l'amour dont luy meſme faiſoit la pourſuyte. Toutesfois
à l'execution du deſiré plaiſir y auoit touſiours empeſ-
chement d'vne ſienne belle mere faſcheuſe qui la con-
trerolloit de tant pres qu'en l'abſence du mary eſtoit
ſans comparaiſon plus ſubieſte : iuſques à n'oſer ſortir
de la maiſon, ſans l'accompagner à chacun pas pource
que ceſte vieille grondeuſe entroit en deffiance du mignon, ayant faiſt pluſieurs fois plainte au mary de la
liberté exceſſiue qu'il donnoit à ſa femme, mais (diſoit
la chambriere) monſieur eſt ſi fot, & ma dame ſi fine,
qu'elle luy faiſt trouuer tout bon. Ainſi ſachant tous les

particuliers fecretz de ma maiftreffe comme fa plus
priuée meffagere, ie ne voy qu'vn moyen de pouuoir
ioindre la douceur du plaifir pretendu : C'eft que monfieur eftant allé ce iourd'huy aux champs, ma dame
m'a enuoyé donner affignation à fon bien aymé fur la
nuiꝗt, heure accouftumée entre eux : mais il fault fur
tout retenir qu'au bout de la gallerie qui a fon regard
fur le iardin on a faiꝗt baftir vne petite viz defrobée qui
monte au cabinet de monfieur, auquel ma dame a fait
dreffer vn liꝗt de camp pour fe coucher en l'abfence
de fon mary qui luy laiffe la clef de tout, or la vieille
foupçonneufe couche en la chambre d'aupres, penfant
tenir ma dame en eftroiꝗte fubieꝗtion, eft bien trompée,
car par cefte viz fecrette monte à l'heure diꝗte le fa-
uori, conduit foubz ma faueur, & comme ie fuis affeurée ne faudra que comparoir vne heure apres minuiꝗt,
regardez fi voulez occuper l'heureufe place en deuan-
çant fes pas, & ie vous prometz que n'aurez faute d'vn
fort bon guide, comme bien certaine qu'ayant ma dame
effayé le deuoir duquel pouuez contenter vne amye,
n'aura regret d'auoir efté au change, autrement ie ne
voy remede en voftre affaire pour l'extreme amour du
perfonnage qu'auez entendu, mais ie vous fupplie fur
tout ayez memoire d'apporter des efcarpins feuftrez
par deffouz, pour ce que les degrez eftans de boys fe
fault foigneufement garder de faire grand bruit en
crainte que cefte vigilante decrepitée ne defcouure noftre entreprinfe. Le Gentilhomme oyant ce difcours retint beaucoup mieux l'inftruꝗtion de la chambriere que
d'vn cordelier prefchant en chaire, apres doncques
auoir prins vn gracieux congé, auecq' promeffe de ne

faillir à l'heure s'en alla foudain preparer tout le plus
neceffaire : puis fe prefente à l'huys du iardin fur les
vnze heures de nuiƈ, ou ne feiourna gueres attendant
que l'affettée chambriere ouurant la porte ne luy diƈ :
Monfieur fi ie ne penfois faire tort à ma maiftreffe ie
prendrois de bonne heure ma part du plaifir, mais penfant en mon efprit qu'encores feriez vous le plus inte-
reffé, il vaut mieux remettre à quant vous aurez moindre befongne à faire. Allons donc & chauffez vos efcarpins de feutre. Le Gentilhomme fort gay, conduit de
cefte grace en la chambre, ne fut pareffeux de fe defpouiller iufques à fa chemife pour ioindre au pluftoft
les coftés de la Dame, laquelle penfant receuoir l'accouftumée courtoyfie de fon amy, fans faire refiftance
aux mignardes attaintes, laiffa prendre au Gentilhomme
la vengeance amoureufe du rigoureux refuz, par vne
douce execution, foubz le nom emprunté d'vn autre,
contraire à fon affeƈion. Or au fort des approches rauie à cueillir le fruiƈ prouenant d'vne infinité de careffes, ne fe facha beaucoup du trauailleur, qui voyant
l'heure proche d'abandonner fon plaifir, luy demanda fi
le deuoir auquel il s'eftoit mis meritoit bien contentement. La dame encores en opinion que ce fut fon priué
feruiteur refpond, non feulement eftre fatisfaiƈe : mais
eftonnée de la grandeur de fon amour. Le Gentilhomme
foubzriant, continua telles parolles : Ma dame vferez
vous cy apres de rigueur enuers celuy duquel la longue
perfeuerance & le bon feruice vous doit rendre certaine
de l'amytié parfaiƈe, elle qui le cogneut au parler,
treffaillant de courroux & defpit, commence à dire :
Ha monfieur, ie ne fçais fi ie dois louer voftre fineffe,

ou condemner mes œuures : car le grand deuil ou
maintenant mon ame eft plongée, offufque tellement les
yeux de la raifon que ie ne fens que vn mal infupportable : ayant efté trompée fi malheureufement de vous :
ainfi plaignant fa fortune, defefperée d'auoir efté furprinfe du perfonnage que point n'aymoit, comme affeurée d'en receuoir perpetuel fcandale, fe voulut ieéter en
la place : mais le Gentilhomme luy faifit les bras de fi
pres, l'affeurant par douces parolles garder fon honneur
& adiouftant à fes promeffes, vne infinité, tant d'ef-
troiétz baifers, qu'à la fin (voyant le remede perdu)
demeura du tout vaincue : parquoy veu la longue
pourfuyte & l'execution de l'effeét auquel il s'eftoit employé iura fur l'heure de l'auoir à iamais pour aggreable en delaiffant toute amytié contraire, non fans vn
merueilleux regret, toutesfois à tel malheur inopiné ne
peut trouuer autre fatisfaétion, qu'à le fupplier à iointes
mains fuyuant ces propos : monfieur ie vous fupplie de
autant qu'auez enuie d'aymer mon honneur fuir fur
toutes les affemblées aufquelles i'ay accouftumé de
frequenter finon mafqué, pour crainte qu'en vous voyant
la memoire du trouble aduenu, & la puiffance dont
maintenant pouuez vfer enuers moy ne me face rougir
ou perdre toute grace par vne honte trop foudaine.
Apres plufieurs difcours recommencerent la confirmation de leur alliance nouuelle, & puis prenant honneftement congé fe retira content d'vne fi heureufe rencontre. La chambriere qui auoit fait tout le defordre eft
rudement tancée de fa maiftreffe, mais comme femme
fubtile & fubeline fceut fi proprement farder fes parolles
d'excufes propres à couurir fon forfaiét, en propofant la

grandeur & loyalle amytié du Gentilhomme à la foy-
bleſſe & ſimplicité du premier que la dame, ne peut
autre choſe faire ſinon de l'enuoyer à la porte du iardin refuſer l'entrée au premier ſeruiteur, luy faiſant
croyre le mary eſtre retourné contre ſa couſtume ſur
les dix heures du ſoir. Ainſi pourſuyuie de deux fut le
dernier trop mieux receu, cherchant occaſion d'exclure
l'autre par vn viſage qui monſtroit aſſez ouuertement
le plaiſir d'vn eſchange, fondant, toutesfois, la continuation du refuz deſauorable, ſur la crainte de la mort & du
deuoir de ſa conſcience, ayant repentance d'auoir ſi
longuement veſcu ſoubz l'obeïſſance d'Amour, & par
ces petites couuertures hypocrites s'arreſta au Gentilhomme, l'amytié duquel (apres la iouyſſance) deuint
auſſi froyde que chaude auoit eſté la pourſuyte.

Il me semble mes dames, les fineſſes du Gentilhomme meriter bien d'eſtre miſes en auſſi hault degré
de louange que la ſotte hypocriſie de cette pauure
dame, qui apres auoir ſi longuement contrefait la femme
de bien en la preſence des hommes, voulant perſuader
n'auoir rien plus en recommendation que l'honneur qui
rend la femme immortelle par l'entrée & ſuite de ſon
amour a fait cognoiſtre qu'vn fol deſir enraciné vne fois
en vn cœur trop charnel fait perdre toute eſperance de
bonne fin.

COMPTE LIV.

Ie ne puis trop m'eſtonner de l'eſtrange & merueilleuſe hypocriſie
d'aucunes femmes qui voulans garder l'eſtat de viduité ſimulent ſe
donner telle contrainte & ſi rigoureuſe auſterité, par l'exterieur qu'en
cela s'efforcent de vouloir faire croire n'oſer regarder vn homme en
face, pour crainte d'offencer la bonne opinion qu'on doit auoir de leur
réputation, & ſoubz ceſte feinte couuerture nouriſſent ſouuent vn corps
qui eſt tant eſtroitement poingt de l'ardeur d'vne concupiſcence, qu'à la
fin leur vie menteuſe fait cognoiſtre qu'au lieu de penſer fuyr vn petit
mal tombent en vn beaucoup plus grand, faiſant liſſue cent fois pire
que ce qu'ilz ont cuydé euiter : mais la ſeule faute prouient, que telles
entrepriſes ſont gouuernées par leur ſotte prudence, ſans la principale
conduite de celuy qui tout conſerue.

v pays de Haynaut au temps du magua-
nime Roy François, vne Dame veſue de-
mourée mere d'vne ſeule fille, tant pour le
regret d'auoir perdu ſon mary, qu'au moyen
de l'amour extreme enuers ſa ſeule heritiere
qu'elle eſperoit marier en haut degré de nobleſſe par
l'alliance d'vn grand Seigneur : ſouz la faueur des biens
de ſon feu mary (dont elle auoit la ſeule garde) propoſa
n'eſtre iamais ſubiette au mariage. Pour doncques fuyr
la ſurpriſe & tentation de l'amour, accompagnée d'vne
importunée pourſuyte de pluſieurs Gentilzhommes qui
ſoubz couleur d'amytié auec le temps ſe font maiſtres

du corps & des biens (penfant chercher lieu remparé
d'affeurance) ne voulut frequenter que toutes gens de
religion, d'autant qu'à fon iugement penfoit l'occafion
feule des chofes qu'on peut voir engendrer le peché,
fans penfer que la chair trop poignante fans cela nous
faiêt fouuent trebufcher. Ainfi s'addonnoit entierement
au feruice de l'Eglife à frequenter pelerinage, & toutes
deuotions, fuyant de telle rigueur toutes compagnies
mondaines , qu'encores faifoit elle difficulté d'affifter
aux nopces, ou d'ouyr fonner les orgues d'vne Eglife.
Ma dame en telz fcrupules (trop violens pour durer)
remettant en memoire la mort recente de fon mary
comme du tout habandonnée, feule & penfiue extremement, d'auoir perdu la compagnie, les propos gratieux,
& la confommation accouftumée de fon priué plaifir,
perdoit toute contenance, fe prefentant deuant fes yeux
tant de fafcheux difcours & changemens qu'vn iour luy
duroit cent ans. Or pour paffer tant epineufe melencolie (parce que c'eftoit au temps de carefme) vifitoit
particulierement vn monaftere loing d'enuiron vne lieuë
de fon chafteau pour y gaigner les pardons, & dont
eftoit Abé vn ieune moyne, l'oifiueté duquel l'auoit
rendu fi parfaiêt pourfuyuant en l'amoureufe efcarmouche, qu'il ne trouuoit moyne ne autre qui le fceut vaincre, tant bien s'eftoit exercité à tous ieux monfieur
l'Abé (pour chatouiller fa nature) qu'on l'eftimoit vn
bon eftallon. Ma dame tant fouuent vifita l'Abaye, que
l'Abé n'ayant accouftumé de voir telz pelerins en fon
Eglife, en deuint tout glorieux : & comme celuy qui fe
fentoit hardy fur fon fumier fe prefentoit à elle, faifant
toufiours la reuerence bien humble & (telle qu'à fa

grandeur appartenoit) luy offrant ſa maiſon, puis ſes
biens, iuſques à ſa perſonne propre : auec ſi bonne
grace & gayeté de cœur que la Dame contemplant fort
ſouuent la ieuneſſe & dexterité aſſeurée de l'Abé eut
opinion qu'il pouuoit eſtre bon compagnon, parquoy le
receuoit d'vn aſſez bon viſage, pendant la continuation de
telz pelerinages. L'Abé d'autre coſté s'efforçoit par tous
les moyens d'attirer la pelerine à pourſuyure ſes deuotions iuſques à luy enuoyer iournellement preſens du
monaſtere. Tellement qu'amour en ſa premiere poincte
qui ne ſe peut contenter d'vne trop longue attente,
mais le plus ſouuent met le deſir des paſſionnez en vne
ardente opinion du changement, eſguillonna le cœur
de ceſte dame, à chercher nouueau plaiſir, par ceſte
continuelle frequentation de l'Abaye, qui donna ſi grande
priuauté à l'Abé (ſe ſentant plus priué de ma dame que
raiſon ne permettoit) qu'vn iour la ſentant venir au
couuent pour ouyr la meſſe, fiſt preparer ſon Egliſe,
enuoye de tous coſtez recouurer quantité de gros poiſ-
ſons, confitures & dragées , commande tendre les
chambres magnifiquement : executant telle diligence en
toutes choſes exquiſes pour la bien traicter qu'on n'a-
uoit rien oublié, qui peuſt faire cognoiſtre de combien
luy eſtoit ſa preſence aggreable. Ainſi ma dame arriuée
eſt honorablement receuë de monſieur l'Abé, du Prieur,
auec tous les principaux du mouſtier, eſtant conduite
honorablement dedans le cœur, ou la meſſe incontinent
eſt chantée : & à l'yſſue on deſcouure toutes les plus
precieuſes reliques, luy monſtrans par le menu la
braue ſepulture de ſes predeceſſeurs. Cela faict on la
meine en vne petite ſalette parée d'vne tapiſſerie fort

excellente, le grand feu felon la faifon qui lors eſtoit
froide : ou l'Abé la laiſſant en liberté, feule auec fes Damoyfelles, fiſt auertir fon Efcuyer (tenant lors la litiere
preſte) que ma dame difneroit pour l'heure en l'Abaye
& qu'il fiſt ce pendant mettre les cheuaulx en l'eſtable :
à quoy fut obey, eſtimant luy auoir eſté ainſi mandé
par fa maiſtreſſe : laquelle voulant prendre congé, apperceut incontinent les tables dreſſées & couuertes
d'vne infinité de viures, tout le feruice tant bien ordonné & conduiſt qu'vn tel ordre reprefentoit non la
pauureté de religion, mais l'opulence & fumptuofité
d'vn des plus grands Seigneurs de l'Europe. Ma dame
oyant fonner midy à l'orloge du couuent (auancée pour
la retenir) la bonne volonté de l'Abé, le difner preſt, fut
facile à conuertir. Donc fur l'heure, d'vn vifage fort
gratieux, commence à dire : Puis qu'ainſi eſt qu'auez
tant gaigné de nous auoir arreſtez, ie vous prie, monfieur, lauons nous & nous metons à table. Ma dame
(refpond le reuerend) vous auez puiſſance de commander. Ainſi, apres pluſieurs prieres, elle s'aſſied, vn
chafcun apres, felon fa grandeur. L'Abé voulant faire
l'honneur du couuent s'efforce de feruir, prefentant
d'entrée de table à ma dame, d'vn ypocras blanc fort
delicat, mais incontinent refufant ce premier feruice,
fainſt eſtre courroucée, le priant affectueufement de
s'aſſeoir à table, ou autrement habandonneroit fa place.
L'Abé pour luy complaire fe met au deuant vn peu plus
bas : eſtans tant abondamment feruiz de tous vins & fi
delicates viandes, que l'exterieur de ceſte veufue (efchauffé au feu de la faſette) fentit à fon interieur vne
chaleur nouuelle du petit archer aueugle, qui tellement,

auec les bons morceaux empoifonna fon cœur du paffionné plaifir, que fans regarder à fa grandeur, & le
tort irreparable de fon honneur, oubliant auffi cefte tant
auftere rigueur qu'elle s'eftoit propofée s'efforça (par
regardz emmiellez du fol amour) à faire cognoiftre ce
qu'apertement n'ofoit honneftement defcouurir, le reuerend foubz la table fentant par l'inconftance des piedz
de ma dame l'affeurée fignification de fes yeux vne
heure luy duroit mil ans, que ia les tables n'eftoyent
leuées pour de plus pres parler. Parquoy faifant donner les confitures, dragées & l'ypocras pour le dernier
metz, fift foudain defcouurir, puis apprefter vne chambre, afin que la veufue print fon repos d'apres fon difner, ou elle fut doucement conduite auec toutes fes
damoyfelles qui auoyent efté fi fauorablement traitées,
qu'à tous propos s'efforçoyent toutes de louer l'excellence & bonne chere de religion. Ainfi la veufue repo-
foit fes affections, attendant vefpres fonner, ou elle fut
pour contempler l'armonieux chant de monfieur l'Abé,
auquel tant fe trouua rauie, qu'à l'yffue le prend par la
main retournans en la falette pour deuifer fecrettement.
Ce pendant l'on couure nouuellement la table, pour la
collation d'vne infinité de defguifemens, entrées de table, patifferies, gelées & autres friandifes, propres pour
attirer l'enuie des damoyfelles, à rompre vn ieune de
carefme. Ma dame, qui penfoit feulement prendre fon
vin (pour n'offencer l'abftinence qu'elle faifoit en ce
temps) voyant le preparatif, comme furprife du fecret
appetit caufé par l'efguillon d'amour, fans fe faire trop
prier s'affied, l'Abé tout au plus pres, en forte que le
refte de fa troupe ioignit bien toft apres les boutz de

la table, vn chacun faifans deuoir d'emplir fon eftomach
des plus frians morceaux felon fon affeftion. La colation
confommée cefte deuotieufe veufue (apres auoir prins
gratieufement congé) retourne en fon chafteau, ou ne
fut pluftoft arriuée fur le foir en foy couchant qu'on
commençaft à difcourir fingulierement du courtoys
& gentil recueil de l'Abé : fans qu'vne feule de toutes
fes damoyfelles (cognoiffant ma dame y prendre fi grand
plaifir) oubliaft à loüer parfaitement, tant la bonne
grace du reuerend, que le traittement qu'ilz auoient receu : l'vne difoit, ie vous affeure ma dame qu'impoffible
eft de mieux ordonner vne maifon : l'autre, il fent fon
Prince. Puis celle qui fe fentoit la plus priuée de fa
maiftreffe, difoit : ie fuis certaine d'auoir veu vn perfonnage autant digne d'eftre aymé & loüé qu'on puiffe
choifir. Ces derniers propos chatouillerent tellement
iufques au vif les oreilles de ma dame qu'à l'inftant
commença à dire : Puis qu'auons iufte occafion d'auoir
fa compagnie en ce faint temps, ie delibere que nous
yrons fouuent gaigner les pardons de l'Abaye : mefmes
demain (eftans pres du bon iour de Pafques) nous y
fault toutes aller à confeffe. Comment, repliquent fes
damoyfelles, il n'y a que trois iours qu'auons paffé ce
deftroit. Or bien, dift ma dame, puis qu'enuers Dieu
eftes fi peu deuotes, moy feule accompliray le veu. De
fait la nuift fongeant au gout du fruift defiré, entra
en vne fueur fi eftrange qu'au reueil, ne pouuant trouuer aucun repos pour le continuel feu & ardente volonté
qui la confommoit au poinft du iour, defpefcha vn laquais par deuers monfieur l'Abé : qui auerty du vouloir
de ma dame ne faut demander s'il fut diligent de piquer

pour venir à fon premier meffage. Ainfi eftant arriué
au chafteau, va priuement en fa chambre, ou il eft fort
humainement receu d'elle, luy difant : (en la prefence
de toutes fes damoyfelles) monfieur pour plus digne-
ment gaigner les pardons, & auec la meilleure intention
dont me pourray difpofer, i'ay penfé d'aller à confeffe.
Ie vous affeure ma dame (refpond le moyne) que vous
auez vne treffainte opinion, & Dieu vous l'entretienne :
mais pour le mieux faut mander voftre confeffeur pour
luy donner la mefme puiffance qui m'a efté ottroyée par
le Pape. Non (replique la dame) ie ne fache homme
plus fuffifant que vous, fi tant de bien me voulez faire.
C'eft doncques dift l'Abé, à caufe de la croffe, non pas
du fçauoir. Sur ces difputes toutes les damoyfelles efti-
mans leur maiftreffe auoir grand deuotion de foy confeffer, la laifferent feule enfermée auec ce bon pafteur,
commançant à conter priuement fes pechez entre
efquelz fut fait vn gracieux difcours & long arreft fur le
peché de l'amour, qui fut par tant d'attaintes efpluché,
qu'à plufieurs fois l'Abé (bien nourry & de repos) tint
ma dame deux heures entieres pour amortir l'alteration
qu'vn chacun peut penfer. Apres l'abfolution donnée la
laiffa feule, vn peu efmeuë du trauail (mais comme fes
damoyfelles rentroient en fa chambre) feignit eftre fayfie
d'vne douleur extreme, monftrant vifage de femme qui
fembloit eftre condennée à dure penitence, fans pour
ce iour vouloir fortir de fa chambre, iufques au lendemain en fuyant (qui eftoit le iour du pardon) ayant
fait apprefter fon equippage, retourna vifiter monfieur:
lequel tranfporté d'ayfe de fe veoir amoureufement
cherché d'vne tant fauorable vefue, s'efforça mieux que,

iamais d'employer fes dons & prodigalitez enuers tous
les fiens, de forte qu'il n'y auoit vn feul de fes domeftiques iufques au plus petit, qui ne fut merueilleufement
content d'aller en l'Abaye, en laquelle fut ce iour fait
vn magnifique feftin dedans la falette du reuerend, auec
bon feu, ypocras blanc & clairet pour rechauffer l'interieur des nouueaux amoureux, qui fut fi bien allumé,
qu'apres eftre bien repeuz, comença l'Abé (fentant
la priuauté plus grande) à dire : Ma dame ie vous prie
prendre la peine de voir le baftiment du lieu ou pouuez
commander, & fur ces propos (montans par vne petite
viz defrobée de chambre en chambre) partant d'vn pas
fi foudain & leger, que les damoyfelles penfans fuyure
leur maiftreffe n'en purent iamais trouuer la traffe,
mais furent contraintes de retourner aupres du feu ou
ilz auoient difné. Ce pendant ma dame, en gouft des
premiers traitz de fon efchange fift fa digeftion d'vn
gracieux pourmener : lequel toft accomply vint trouuer
fes damoyfelles, & fe monftrant vn peu laffe du chemi-
ner d'vne voix non trop rigoureufe les reprend en femblables parolles : vrayement vous auez mauuaife grace
de me laiffer feule pour garder les tifons. La gouuer-
nante offrant l'excufe pour toutes, luy refpond : Soyez
affeurée ma dame qu'il nous a efté impoffible de vous
pouuoir trouuer, car ce logis eft fi grand qu'auons
cuydé perdre noftre retour. Ainfi ma dame aueuglée
en fes menuz plaifirs, ayant opinion qu'on ne la fçauroit
defcouurir, commanda tirer fa liftiere, prenant amyablement congé pour retourner en fon chafteau, fans
toutesfois oublier fes premieres brifées de l'Abaye ou
es pardons fauorables de l'Abé faifoient tel miracle en

fon corps que fouuent y retournoit pour les gaigner.
Tellement qu'au moyen de fi continuelle frequentation
la defcouuerte du feu trop follement allumé (par vn
foupçon fcandaleux) offença les plus proches voyfins
entre lefquelz croiffoit vn bruit que la difpofition des
forces du reuerend caufoyent la feule deuotion de ma
dame : mais comme efgarée en telles voluptez fans
s'empefcher beaucoup du dangereux parler des hommes
qui ne pouuoyent nullement diuertir fon plaifir, paffa
fi gayement le carefme & le meilleur de fes ans que la
feule vieilleffe & impuiffance du moyne luy fift oublier
le chemin du couuent.

PAR LA FIN de l'hiftoire, mes dames, pouuez
iuger l'extreme fottife de cefte veufue : & faut conclure
qu'en telles femmes y a vne efpece de folie qui toufiours
multiplie en vne infinité, penfans par leur fotte prudence vmbrager le vice d'vn honneur exterieur & feinct,
mais d'autant que le venin ne peut fouffrir medicament
contraire à fa proprieté, qu'il ne foit preffé par vn vo-
miffement de fortir, auffi l'ord peché fentant l'honneur
qui fi pres le vient toucher eft contraint d'apparoir en
lumiere tant apparante que celle qui a voulu ioindre
chofe fi repugnante au mal que fa chair nourriffoit, en
fin cuydant rapporter proffit de telle couuerture reçoit
d'oppofite & à defcouuert vne marque tant eftrange,
qu'à iamais la tafche y demeure.

Secreto lapide tutus.

FIN DES COMPTES DV MONDE ADVENTVREVX.

APPENDICE

RÉFÉRENCES CONNUES DES *Comptes du monde adventureux*
(ORIGINES, IMITATIONS, SIMILITUDES [1]).

———

Je reproduis intégralement ici la note manuscrite dont
j'ai parlé au début de ma Notice et qui se trouve, comme
supplément de l'article primitif de Barbier, au verso du
feuillet de garde de l'exemplaire de l'édit. princeps de 1555,
coté Y$_2$-606, dans la *réserve* de la Bibliothèque nationale :
« Barbier, n° 2575. — Dans la Bibl. françoise de La Croix
du Maine, Paris, 1772, in-4°, t. I, p. 64, on donne aux
lettres initiales (A. D. S. D.) trois significations : Antoine
de Saint-Denis, Abraham de Saint-Dié, André de Saint-
Didier. Quoi qu'il en soit, ce recueil est une collection de

———

1. La *similitude* ne s'entend, en général, que d'une ressemblance
incomplète ou partielle. Mais, la ressemblance fût-elle évidente,
lorsqu'il s'agit de contemporains qui ont traité le même sujet
que l'auteur des *Comptes*, sans qu'on puisse établir d'une façon
absolue la priorité de composition en faveur de l'un ou de l'autre,
j'indique seulement la *similitude*.

Dans la liste ci-après, ces trois sortes de références sont mar-
quées par les abréviations : *orig., imit., simil.*

traductions ou d'imitations de nouvelles italiennes, de *fabliaux françois,* etc. Ainsi les nouvelles 45, 52 et 54 sont une imitation du *Petit Jehan de Saintré.* Le conte 44 est une imitation du fabliau des Trois Dames qui rencontrèrent un annel; le conte 28, de la Bourgeoise d'Orléans, et le conte 23, du Secretain de Cluny; les contes 32 et 35 sont pris des proverbes d'Aloïsio Cinthio; la plupart des autres appartiennent aux *Novelle porretane* et à Massuccio Salernitano. »

La 3ᵉ édition du *Dictionnaire des ouvrages anonymes,* d'Ant.-Alex. Barbier, revue et augmentée par M. Olivier, renvoie au t. I des *Supercheries littéraires dévoilées,* de Quérard, 2ᵉ édition publiée par Gustave Brunet et P. Jannet, et réunie au Dictionnaire des anonymes. L'article des *Supercheries,* sous la rubrique : « A. D. S. D. (Antoine de Saint-Denis ?), » répète la note manuscrite qui précède, amendée comme il suit : « Le nom que nous avons indiqué est une conjecture de Bernard de la Monnoye dans une de ses notes sur la *Biblioth. françoise* de La Croix du Maine. Il ajoute que ces initiales peuvent également signifier Abraham de Saint-Dié ou André de Saint-Didier, de sorte que le véritable nom caché sous ces initiales est encore à découvrir. Quoi qu'il en soit, ces Comptes se composent de 54 nouvelles, dont 19 tirées du conteur italien Massuccio. Les nouvelles 45, 52 et 54 sont une imitation du *Petit Jehan de Saintré;* les nouvelles 23, 28 41, sont d'anciens fabliaux; les contes 32 et 35 sont empruntés aux *Proverbi* de Fabrizio. »

La note manuscrite indiquait par mégarde le conte 44 pour le conte 41, et donnait une référence erronée pour le conte 28, qui n'offre aucun rapport avec le fabliau de la *Bourgeoise d'Orléans*[1]. Mais les origines attribuées aux

1. V. Legrand d'Aussy (*Rec. de fabliaux,* t. IV, p. 294), Méon

deux autres contes (23 et 44) sont exactes, et il y avait lieu d'en faire mention.

Les « *proverbi* de Fabrizio » et les « proverbes d'Aloïsio Cinthio » ne sont qu'une même chose [1]. Quant aux autres contes, si l'on en excepte les imitations du roman du *Petit Jehan de Saintré*, il valait mieux dire, avec la note manuscrite qu'ils appartiennent pour « la plupart » soit aux *Novelle porretane*, soit au *Novellino* de Massuccio, que de borner au chiffre de 19 le nombre des contes pris de

(d° t. III, p. 161), et Paulin Paris (t. VI du *Catalog. des mss. françois de la Biblioth. du roi :* liste des ouvrages contenus dans un recueil de fabliaux et autres petits poëmes du XIIIe siècle, sous le n° 7,218). Le conte *de la borjoise d'Orliens* est celui d'une femme qui, par un stratagème, se ménage un rendez-vous avec son amant, en abusant le pauvre mari, finalement battu et content; tandis que le Compte XXVIII est celui des *bragues* du moine, amant d'une femme mariée, qu'on fait baiser au mari trompé « comme reliques de sainct Bernardin ».

1. V. *Libro della origine delli volgari proverbi di Aloyse Cynthio, delli Fabritii, della poderosa et inclyta citta di Vinegia cittadino,* etc. (Venise, 1526, in-folio). Recueil de contes fort licencieux, dédié au pape Clément VII, sous la sauvegarde duquel l'auteur se place, tout en déchirant les gens d'Église, surtout les moines, avec une haine implacable et insultante.

Il y expose « en vers (in *terza rima,* dit un article critique du XVIIIe siècle, en forme de lettre, relié en tête de l'exempl. de la Bibl. nationale) l'origine de plusieurs proverbes italiens, au nombre de 45; et le plus grand nombre y est expliqué par un conte très-ordurier partagé en trois chants : *Cantica prima, Cantica seconda,* etc. »

Cette lettre critique, extraite de l'*Esprit des journaux* (septembre 1780), et signalée par Barbier, Brunet, etc., comme écrite par Magné de Marolles, ne manque pas d'intérêt. Il ne faut pas confondre cet *Aloyse Cynthio* avec *Giovanni-Battista Gyraldi Cintio,* auteur du recueil *degli Hecatommithi,* traduit par Gabriel Chappuys sous le titre des « Cent excellentes nouuelles, de *J.-B. Giraldy Cinthien* », et dont j'ai parlé dans ma Notice, p. LIII.

l'italien — et du recueil de Massuccio — alors que ce seul
auteur doit en revendiquer jusqu'à 30.

J'ai rassemblé dans la liste ci-après toutes les références
que j'ai pu relever et vérifier par moi-même.

COMPTE IV.

ORIG. : Massuccio, *Le Cinquanta Novelle intitolate il
Novellino.* (V. la Notice en tête de cette édition des
Comptes du monde adventureux.) Nouvelle XVI.

COMPTE VI.

SIMIL. : *L'Heptameron des Nouvelles de tres illuſtre &
tres excellente Princeſſe Marguerite de Valois, Royne de
Navarre,* Premiere journée, Nouv. VIII. Les détails diffèrent ; mais il s'agit, dans les deux contes, d'un mari
ménageant, par sa propre sottise, les approches de sa
femme au camarade « qui le feit cocu ſans que ſa femme
en ſceuſt rien », comme dit l'argument de la Nouvelle de
l'*Heptaméron.*

COMPTE X.

ORIG. : Massuccio, *l. cit.* Nouv. XXXIII.

L'histoire de Mignanel et de Gavose, à Sienne, offre
beaucoup de rapports avec celle de *Roméo et Juliette* : la
mise au tombeau de la jeune fille en léthargie ; l'arrivée de
l'amant qui ne sait rien et sa fin funeste, puis celle de
l'amante qui revient mourir sur son corps. (V. Boaistuau
et Belleforest. *Histoires tragiques,* 1596, t. 1, Histoire III.)

COMPTE XV.

ORIG. : Massuccio, *l. cit.* Nouvelle XXVII.

COMPTE XVI.

Orig. : Massuccio, *l. cit.* Nouv. V, modifiée dans les détails. Au lieu d'un maréchal, d'un marchand et d'un moine qui se disputent la femme d'un savetier, le conteur italien met en scène un tailleur et un prêtre, amants ensemble de la Massimilla, femme d'un charpentier.

COMPTE XVIII.

Orig. : Massuccio, *l. cit.* Nouvelle XXXVII.

COMPTE XIX.

Orig. : Massuccio, *l. cit.* Nouvelle IV.

COMPTE XX.

Orig. : Massuccio, *l. cit.* Nouvelle XXXV. (V. aussi la Nouv. XXXI qui, sans être identique, comme la XXXVe, se rapproche du Compte XX par le fond du sujet.)

COMPTE XXI.

Orig. : Massuccio, *l. cit.* Nouvelle XXV. (V. encore, bien qu'elles diffèrent sensiblement par les détails, la Nouvelle XXII, où une dame se livre aussi à un More, et la Nouvelle XXVIII, où une autre dame prend un nain pour amant.)

La Nouv. XXIV, qui se rapproche beaucoup de celle-ci, est reproduite plus loin, dans le recueil français, par le Compte XXIX.

COMPTE XXII.

Orig. : Massuccio, *l. cit.* Nouvelle XVIII.

COMPTE XXIII. ·

Orig. : *Le Secretain de Cluny,* vieux fabliau français, (V. les recueils de Barbazan, t. I, p. 242; Legrand d'Aussy, t. IV, p. 266, et Méon, t. I, p. 318 : *Li diʒ dou Soucretain,* par Jehan Li Chapelains.
— Massuccio, *l. cit.* Nouvelle I.
Imit. : *Hist. générale des larrons,* p. 244. (Par F. D. C. Lyonnais. — Rouen, M. du Souillet, 1636, 3 part. en 1 vol. in-18). — *Biblioth. amusante et instructive,* t. II, p. 14. (Paris, Duchesne, 1755, 3 vol. in-12.)

COMPTE XXIV.

Orig. : Massuccio, *l. cit.* Nouvelle XVII.

COMPTE XXV.

Orig. : Massuccio, *l. cit.* Nouvelle XLIV.

COMPTE XXVI.

Orig. : Massuccio, *l. cit.* Nouvelle XI.

COMPTE XXVII.

Orig. : Massuccio, *l. cit.* Nouvelle VI.
Simil. : La reine de Navarre, *Heptaméron,* Nouvelle xxii.

COMPTE XXVIII.

Orig. : Massuccio, *l. cit.* Nouvelle III.

COMPTE XXIX.

Orig. : Massuccio, *l. cit.* Nouvelle XXIV. (V. en outre

les Nouvelles XXII et XXVIII, et la Nouv. XXV reproduite par le Compte XXI.)

Simil. : La reine de Navarre, *Heptaméron*, Nouv. XX,
sous cet argument : « Vn gentilhomme eſt inopinement
guary du mal d'amours, trouuant ſa damoiſelle rigoreuſe
entre les bras de ſon palefrenier. »

COMPTE XXXI.

Orig. : Massuccio, *l. cit.* Nouvelle XXXVIII.

COMPTE XXXII.

Orig. : Massuccio, *l. cit.* Nouvelle IX.
— Aloyse Cynthio delli Fabritii, *Proverbi* [1].

COMPTE XXXIII.

Orig. : Massuccio, *l. cit.* Nouvelle X.

COMPTE XXXIV.

Orig. : Massuccio, *l. cit.* Nouv. XLV.

Il est question aussi dans Boccace, Journée VIII,
Nouv. I, mais avec des détails différents, d'une dame qui
se donna pour de l'argent et en fut déçue.

Imit. : On peut encore rapprocher de ces deux contes
celui de La Fontaine : *A femme avare, galant escroc.*

COMPTE XXXV.

Orig. : Massuccio, *l. cit.* Nouvelle II.
— Aloyse Cynthio delli Fabritii : *Proverbi.*

---

1. V. ci-dessus, p. 183.

Simil. : Il existe quelque ressemblance entre ce conte et la Nouv. II de la IVe Journée de Boccace. (Histoire du frère Albert « qui fit accroire à une femme vénitienne qu'un ange était amoureux d'elle & coucha plufieurs fois avec elle en guife dudit ange. ») V. la trad. de Le Maçon, citée dans ma Notice.

COMPTE XXXVI.

Orig. : Massuccio, *l. cit.* Nouvelle XXVI.

COMPTE XXXVII.

Orig. : Massuccio, *l. cit.* Nouvelle XXI.

COMPTE XXXIX.

Orig. : Massuccio, *l. cit.* Nouvelle XII.

COMPTE XL.

Orig. : Massuccio, *l. cit.* Nouvelle XV.

COMPTE XLI. .

Orig. et Simil. : Anc. fabliau français *Des trois Dames qui trouverent un annel* (V. les recueils de Legrand d'Aussy, t. IV, p. 192, Méon, t. III, p. 220), et : Bebelius : *Facetiarum, libri III*, p. 86 ; — *Convivales sermones* [1],

---

1. V. *Convivalium sermonum liber meris jocis ac salibus refertus* (à Joan Gastio), Bâle, 1542 et 1543. in-8°. L'auteur de ce livre est J. Gast, sous le nom de Joannes Peregrinus Petroselanus.

t. I, p. 200 ; — les *Délices de Verboquet*, p. 18 ; (Paris, Jean de Bordeaux, 1630, 2 parties pet. in-12). — L. Domenichi : *Facetie, motti et burle* [1], p. 172.

Dans la version des fabliaux, les trois tours joués par les femmes ne ressemblent pas aux tours qui figurent dans le récit des *Comptes du monde adventureux*. Les autres sources citées ici s'y appliquent plus directement.

IMIT. : Les *Contes du sieur d'Ouville* [2], t. IV, p. 255. La Fontaine : *Fables*, liv. III, fab. 7, *l'Ivrogne et sa femme*.

COMPTE XLII.

ORIG. : Massuccio, *l. cit.* Nouvelle XXXIX.

COMPTE XLIII.

ORIG. : Bebelius [3], livre III des *Facéties*. La scène se passe chez un médecin de Milan.

SIMIL.: : Bonaventure des Periers, *Nouvelles recreations et Joyeux Devis*. Nouvelle LXXXIX : « Du singe qui beut la medecine. »

Des Periers étant mort avant le 31 août 1544, et son recueil de contes n'ayant vu le jour qu'en 1558, la Nouvelle LXXXIX peut aussi bien avoir servi de type au Compte XLIII qu'en avoir été extraite par ceux qui ont

---

1. La première édit. du livre de Lod. Domenichi porte le titre de *Facetie et motti arguti di alcuni eccel. ingegni* (1548, in-8º). V. les rééditions de Florence, 1554, et Venise, 1550, in-8º.

2. Les *Contes aux heures perdues*, d'Ant. Le Metel, sieur d'Ouville. (Paris, Toussaint Quinet, 1644, 2 v. in-8º.)

3. V. les œuvres de Bebelius, *Bebeliana opuscula* (Argentinæ et Argentorati, 1508, 1509 et 1514, in-4º; Paris, 1516, pet. in-4º, et *Faceiarum, libri III*, Tubingue, 1542 et 1543, in-8º, et Argentorati, 1600.)

publié et *remanié* l'œuvre de Des Periers. Ce qui militerait
en faveur de cette dernière hypothèse, c'est que le
Compte XLIII est plus complet, de telle sorte que la
Nouv. LXXXIX des *Joyeux Devis* ne semble en être qu'une
version abrégée et tronquée, où ne figure pas la vengeance
des serviteurs frustrés par la guérison de leur maître,
grâce au sourire provoqué chez lui par les momeries du
singe.

Imit. : Tallemant des Réaux, *Hiftoriettes*, Gens fauvez
ou gueris, t. VII, p. 195 (édit. Techener, in-8º). Le héros
du conte, donné pour le récit d'un fait réel et récent, est un
chanoine de Notre-Dame de Paris.

COMPTE XLIV.

Massuccio, *l. cit.* Nouv. XL. (V. aussi la Nouv. XXXIV.)

COMPTE XLV.

Orig. : Anthoine de la Sale, *L'Hyftoyre & plaifante
Cronique du Petit Jehan de Saintré & de la jeune Dame
des Belles Coufines, fans aultre nom nommer* (ouv. publ.
pour la première fois en 1517, Paris, Michel Le Noir,
in-folio; « efcript à Geneppe en Brebant, le xxvᵉ iour de
feptembre, l'an de noftre Seigneur mil cccc cinquante &
neuf »), chap. LXIX, LXX, LXXI, LXXII, LXXIII, LXXXI,
LXXXII, LXXXIII, LXXXVI.

Le Compte XLV s'attache principalement au récit de
l'accueil discourtois fait par l'abbé au chevalier, d'abord
aimé de la dame, et de la revanche prise par celui-ci sur
son indigne rival.

COMPTE XLIX.

Orig. : Massuccio, *l. cit.* Nouv. XLI.

Simil. : Parabosco, *Novelle*[1], Journ. I, Nouv. II, et Bonav. des Periers, *Nouvelles Recreations & Joyeux Devis*, Nouv. CXXVIII. « De deux iouuenceaux ſienois amoureux de deux damoyſelles eſpagnolles, l'vn deſquelz ſe preſenta au danger pour faire planchette à la iouiſſance de ſon amy, ce qui luy tourna à grand contentement & plaiſir. »

Cette nouvelle, étant au nombre de celles qui ne parurent sous le nom de Des Periers que dans les éditions des *Joyeux Devis* postérieures à 1558, semble devoir être considérée comme une imitation du Compte XLIX.

Imit. : La Fontaine, *Contes* (Le Gascon puni).

COMPTE L.

Orig. : Massuccio, *l. cit.* Nouvelle XLII.

COMPTE LI.

Orig. : Massuccio, *l. cit.* Nouv. XLIII.

COMPTE LII.

Orig. : Ant. de la Sale, *Hiſt. & plaiſante Cronicque du Petit Jehan de Saintré,* etc. (v. ci-dessus Compte XLV), chap. 1 à LXIII pour le fond du récit, surtout pour le tableau des amours du page adolescent et de la dame, avec un autre dénoûment. Jehan de Saintré, dans la *Cronicque* d'Ant. de la Sale, revient en effet vainqueur de toutes ses entreprises, à la grande joie de sa maîtresse, tandis que dans le Compte LII le héros est tué à la première rencontre, et la dame, à la brusque nouvelle

---

1. Venise, 1547, in-8°.

de sa mort, expire par la rupture d'une veine. Ce qui ressemble surtout ici au *Petit Jehan de Saintré*, ce sont les premières atteintes d'amour du page et de la dame, les premières avances de celle-ci et la manière dont elle élève successivement le jeune homme au plus haut rang, après l'avoir enseigné en toute galanterie.

COMPTE LIII.

Simil. : *L'Heptaméron*, Nouv. XIV, avec cet argument : « Subtilité d'vn amoureux qui, fous la faveur du vray amy, cueillit d'vne dame Millannoise le fruiƈt de fes labeurs paffez. »

On pourra comparer les deux versions, dont le fond est presque identique. Le héros de l'aventure, que l'auteur des *Comptes* déclare « vn des adroitz & hardiz capitaines qui fut en France », nous est révélé par la reine de Navarre comme étant le seigneur de Bonnivet.

COMPTE LIV.

Orig. : Ant. de la Sale, *Hift. & plaifante Cronicque du Petit Jehan de Saintré*, etc. (v. ci-dessus Comptes XLV et LII), chap. lxix, lxx, lxxi, lxxii, lxxiii, sauf pour le dénouement, qui est ici modifié, la dame, au lieu d'être troublée dans ses amours avec l'abbé par le retour d'un premier galant, comme dans la *Cronicque* d'A. de la Sale, passant si gaiement avec le révérend « le carefme & le meilleur de fes ans, que la feulle vieilleffe & impuiffance du moyne lui feit oublier le chemin du couuent. » La partie spécialement empruntée par les *Comptes du monde adventureux* est celle qui traite de la joyeuse vie de la dame et de l'abbé.

Outre les indications portées dans cette liste, et qui se rapportent au sujet même des récits, il faut tenir compte des ressemblances dans le tour et le fonds des réflexions satiriques ou morales, que j'ai notées au cours de ma Notice, en tête du t. I de la présente édition (p. CXIII-CXXV).

On pourrait certainement relever dans les *Novelle porretane*, ainsi que chez les autres *novellieri* italiens et chez nos auteurs de fabliaux, plus d'un trait ou d'un passage emprunté par les *Comptes du monde adventureux*.

Mais on s'est borné ici aux indications hors de doute et présentant un certain caractère d'importance. Ce qui demeure établi, c'est que le livre de Massuccio est la principale source étrangère exploitée par l'auteur français.

NOTES ET ÉCLAIRCISSEMENTS

NOTICE

P. vii-viii et x. — Hugues Salel, avant d'être un personnage et de devenir abbé de Saint-Chéron, avait bien été *valet de chambre* (cubicularius) de François Ier. — (V. La Croix du Maine, art. *Hugues Salel*, note de la Monnoye : « Il étoit valet de chambre de François Ier lorsqu'il fit le Dixain, qu'on voit de lui au-devant du Livre II de Rabelais. ») Ant. de Saint-Denis pouvait donc avoir rempli des fonctions analogues avant d'être curé de Champfleur.

P. xxx-xxxii. — Il faut placer la mort de Noël du Faill au 7 juillet 1591, d'après les preuves fournies par M. de la Borderie dans la *Bibl. de l'École des Chartes*, année 1875, 3e livraison, p. 245 et suiv., et par moi dans une Notice sur l'auteur des *Contes et Discours d'Eutrapel* (broch. in-8°, publ. par la librairie J. Charavay aîné, Paris, 1876). N. du Faill est ainsi de la façon la plus absolue le contemporain de Montaigne, dont il se rapproche tant à tous égards.

P. xliv, l. 3. — Lisez : « celui de *Théagène et Chariclée.* »

P. li, l. 4. — Lisez : « *Nomer fide.* »

Ibid. — En note, l. 2. — Au lieu de « sur Saint-Pern », lisez « un Saint-Pern. »

P. lxiii. — Il existait aussi vers cette époque un Antoine Le

Devin, fils de Jean Le Devin, et lié avec des écrivains qui se rattachent au groupe de la reine Marguerite

Voir plus loin les raisons qui sembleraient militer de préférence en faveur de ce dernier ou laisser au moins la balance douteuse entre lui et Guillaume Le Diacre.

P. LXIX, l. 27. — Lisez : « Chateaubriand. »

P. LXX, l. 11-12. — Lisez : « de ménagements. »

P. LXXXVIII. — Sur les relations de la famille de Marguerite d'Angoulême avec la Normandie, on peut encore citer quelques passages des élégies de Jean Doublet [1], poëte de province, qui fut en relation à la fois avec la *Pléiade* et avec diverses personnes du temps et du groupe de la reine Marguerite.

L'élégie XI est adressée au cardinal Charles de Bourbon, archevêque de Rouen, et frère d'Antoine de Navarre, qui fut roi un instant sous la Ligue. « En paſſant par ſa maiſon de Gaillon à ſon retour de Rome, au mois de ſeptembre 1555. » V. aussi, p. 96, et *Notes*, p. 253, au sujet de Jean de Bourbon, duc d'Enghien, tué en 1557, à la bataille de Saint-Quentin, qui avait épousé Marie d'Estouteville.

P. CXIII. — Sur le séjour réel de Marguerite aux bains de Cauterets, voir les ouvrages de La Ferrière-Percy, de Le Roux, de Lincy et de Génin. V. aussi le prologue des *Novelle porretane*, de Sabadino [2], qui se rapproche beaucoup par certains détails de celui de l'*Heptaméron*.

---

[1] *Élégies de Jean Doublet, Dieppys* (Paris, Charles l'Angelier, 1559, in-4°).

[2] *Porretane di M. Sabadino Bolognese doue si narra Nouelle Settanta una* (Édit. de 1531, Venise). L'édit. orig. *en italien* de Sabadino degli Arienti est de Giovanni, Venise, 1484, in-folio ; l'édit, princeps, en latin, de Bologne, 1483, in-folio, sons ce titre : *Joannis Sabadini*, etc., *faceciarum poretanarum opus*. Ce nom de *Porretane* vient des bains de la Porretta près de Bologne où est censée se réunir, par une belle et radieuse journée de 1475, une compagnie de gentilles personnes, hommes et dames, vers les bords du fleuve Reno, où ils se trouvent dans un pré émaillé d'herbes tendres et de fleurs variées, aux douces odeurs, avec des arbres dont l'ombre les abrite non loin « de un nitido fonte ». C'est là qu'ils s'étendent et se content de plaisantes histoires.

Ces nouvelles ont été « recitate al nostro bagno *della Porretta* »,

TOME I.

P. 1. — Titre du recueil des *Comptes du monde adventureux*. — Au sujet de la désignation de l'auteur par les initiales A. D. S. D, voir, pour compléter les indications de ma Notice, la note ci-après sur L. D.

P. 6. — Epistre préliminaire du recueil, lign. 3-12 : « Mais d'autant qu'elle monftroit... qu'en luy faifant affectueux feruice. » Phrase longue et enchevêtrée, dont nous avons respecté la ponctuation et l'incorrection. On remarquera que le style, fort inégal, de l'auteur, est particulièrement embarrassé dans cette *Epistre*. Assez lourd encore et pédantesque dans les arguments qui précèdent et résument chaque historiette, comme dans les réflexions qui la suivent ; parfois ingénieux et vraiment gaulois, avec quelques éclairs, dans le corps même du récit, il est décidément net, concis, alerte, dans les indications de la **Table des** *Comptes*, au point qu'on serait presque tenté de le croire d'une autre main. Peut-être y avait-il là un système : flanquer les *Comptes*, en tête et en queue, de considérations morales à l'usage des esprits graves, et pousser le reste en pointe vive, à l'usage des gens auxquels plaît de préférence l'agrément d'un bon devis sans phrases ou d'une bonne satire sans voiles. Voici un exemple, entre vingt, de ce curieux contraste. L'argument du *Compte IV* est ainsi conçu : « En cefte hiftoire cognoiftrez la grande & finguliere aftuce de deux compagnons, lefquelz mal garnis d'argent, & pour remplir leurs bourfes, s'ayderent de l'ypocrifie & langaige d'un frere predicateur, qu'ilz fceurent fi finement prefcher que luy qui faifoit croire au peuple fot tout ce qu'il vouloit demeura luy-mefmes trompé. » La Table dit

---

dit Sabadino dans son *Prohemio*, par une noble et gracieuse société « qual' fera tranfferita per diverfi varii accident afumere la miraculofa acqua del famofo bagno fra duo altiffimi monti fituato. » Ils vont et viennent avec de doux parlers « cantando verfi d'amore et de gioia ». Les expressions par lesquelles il peint ce site sont pleines de fraîcheur : « Qualehe ameno colle sopra uno praticello vestito di odorifere herbette et cinto di frondenti & ambrofi arbofelli, » — et encore : « ... d'intorno de altiffimi faggi d'abeti, de gineueri et groffiffime querce veftite. »

simplement, et bien mieux : « De deux trompeurs qui, fous couleur d'avoir trouué une bourfe, decurent un moyne qui trompoit
les autres. » Le lecteur pourra continuer la comparaison et en
tirer les conclusions qui lui paraîtront les plus justes.

P. 10. — « *L. C. P. Amy de l'autheur.* » — Je ne crois pas m'être
mépris en conjecturant, dans ma Notice (pp. LXIII-LXIV) que cet ami,
si ardent à appeler « pour exalter un efprit de Bocace » les « doctes
grecs & latins, » et tous les amants des Muses et de Minerve,
gens dufçauoir de la Minerue attaints, » et les poëtes du jour,
« grands & petits, noz Poëtes modernes, » était Loys *Le Caron,
Parisien,* poëte lui-même, ainsi que jurisconsulte, et l'un des plus
fervents adeptes de la nouvelle école des Ronsard, Du Bellay, etc.,
en même temps qu'admirateur convaincu de plusieurs de leurs
prédécesseurs immédiats.

Dans le volume publié par lui en 1554, chez Gilles Robinet,
sous ce titre : *La Poefie de Loys Le Caron, Parifien,* en cent fonnets,
avec plufieurs odes & deux petits poèmes, le *Demon d'Amour &
le Ciel des graces,* il invoque ensemble les uns et les autres, en
rappelant souvent le genre d'élégance néologique et les diminutifs
mignards d'Olivier de Magny, en ses *Gayetez* [1].

Ainsi Le Caron s'écrie,

> Roines Orchomeniennes,
> Riches d'immortel honneur,
> Aux riues Cephifiennes
> *Enfucrez voftre bonheur.*
> Vous filles du Dieu puiffant
> Et de la Nymphe marine,
> Cette mignarde Cyprine,
> Fillette au Dieu blanchiffant,
> Affriandez ma chanfon
> Des plus mieleufes douceurs,
> Defquelles vous chaftes fœurs
> Pouuez embaufmer mon fon,
> Pour odorer ma mufette.

et ailleurs :

> Hafte *pucelette*
> Ma *mignardelette,*

1. Publiées à Paris, la même année que les poésies de Le Caron (Paris, Jean Dallier, 1554).

> Qui furprens mon cœur,
> Baignon ta rigueur
> En ta *bouchelette.*

On se rappelle aussitôt les vers suivants d'Olivier de Magny :

> Ma mignarde *Nymfelette,*
> Ma Nymfe *mignardelette,* etc. [1],

ceux-ci :

> Puiffai-ie encor par terre voir
> Les cifeaux de ma *Nymfelette,*
> Et les luy baillant receuoir
> Vn baifer de fa *bouchelette* [2],

et ceux-ci :

> Je te promets, *Nymfe fucrée,*
> Par les beautez de Cytherée, etc. [3].

Il est certain qu'en sus du fyftème général de Ronsard et de ses disciples, des épithètes archaïques, des invocations mythologiques où reviennent sans cesse les mots de *Cyprine* et de *Charites,* Le Caron et Magny montrent alors dans le tour de leurs vers et le choix de leurs expressions, une parité frappante. Ils ont du reste pour amis communs ou compagnons de lettres, outre leur maître Ronsard, Dorat, Muret, Des Autels, Maurice Scève, De Mesme, Pierre de Paschal, Durban (Pierre de Mauléon), Capel, Gohorry, François de Vernassal, Claude Gruget. Sous la plume de Le Caron et d'Olivier de Magny, comme sous celle de Tahureau, dans ses poésies, reviennent les noms de Joachim du Bellay, Mellin de Saint-Gelais, Jodelle, Pontus de Tyard, Baïf, Panjas (Jean de Pardaillan « *prothonotere de Panjas* ou *Pangeas* »), Nicolas Denisot, peintre et poëte (sous le titre consacré de *conte d'Alsinois*). Le Caron vante La Péruse, lié avec Tahureau, qui lui adresse une de ses poésies. Celui-ci est un des admirateurs d'Hugues Salel, le premier protecteur de Magny. Comme dans les pièces liminaires

---

1 A *s'amie.*
2 V. *Gayetez* (D'vn baifer receu de s'amie).
3 V. *ibid* (A s'amie).

des *Comptes du monde adventureux,* les deux écoles, l'ancienne et la moderne, la demi-gauloise et la ronsardisante, avec leurs poëtes et leurs érudits, se donnent ici la main. Le Caron loue Estienne Pasquier, jeune, qui débute ainsi que lui, et se trouve également placé dans ce milieu si varié, avant le moment où la *Pléiade* des poëtes se *cristallisera* en quelque sorte dans sa forme définitive et exclusive, après s'être entièrement dégagée, par le temps écoulé et par les morts survenues, de toute influence étrangère à ses propres tendances.

Voici le passage caractéristique du livre poétique de Le Caron, qui atteste ses relations avec ces divers auteurs, sous l'invocation de Marguerite de France, sœur de Henri II et nièce de Marguerite d'Angoulême :

> Mais quelle troupe chantante ?
> Mais quelz poëtes ſacrez ?
> La iałouſie me tante
> De les veoir en telz degrez.
> *Ronſard, Saint-Gelais, Iodelle,*
> *Sceue, Bellay* gracieux,
> *Dorat, Muret* immortelz,
> *Peruze,* le *Maſconnois* [1],
> *Baïf, Panias,* Alſinois,
> *Tahureau & Deſautelz.*
> *Magny,* mon *de Meſme* encore,
> Vous toutz que la France honnore,
> Vous autres que la faconde
> Fait reluire admirément,
> De voſtre langue ſeconde
> Prodiguez l'or clairement.
> Quoy ? mon *Paſquier* amoureux,
> Veux-tu embrasser ma *Claire* [2]
> Nul eſt que plus ell'éclaire
> Que ton *Monophile* [3] heureux.
> *Paſcal* [4], *Durban,* mon *Capel,*
> *Gohorry,* le *Quercynois* [5],

1. Pontus de Tyard ou Gratien Chandon ; mais plutôt le premier, très-connu sous ce nom de *Masconnois.*

2 Titre d'un ouvrage de Le Caron.

3. Titre du premier ouvrage d'Estienne Pasquier.

4. Les *Gayetez* de Magny lui sont dédiées.

5. En marge de cette ligne est portée dans l'original la mention : *De Vernassal,* qui s'applique évidemment au surnom de *Quercynois.*

Qui ont rendu au François
Un vaillant bruit eternel,
Gruget & toute la bande
Qui en mémoire fe bande.

Je n'insisterai pas davantage au sujet des relations ou des sym-
pathies qu'atteste la citation des noms de ces contemporains, de
ces compagnons de la reine de Navarre, parmi lesquels on dis-
tingue le futur éditeur de ses contes, Gruget, et la nièce tendre-
ment affectionnée de cette première « Marguerite des princesses »,
patronant comme elle les arts et les lettres, Muse royale et bien-
faisante aussi, pareillement saluée par les invocations des Ronsard,
des Magny, des Tahureau et de toute leur Pléiade.

J'ajouterai un détail qui peut avoir son intérêt : *Mlle de la
Haye*, à qui est dédiée une des pièces de Loys Le Caron, ne serait-
elle pas une des parentes soit de ce J. de la Haye, valet de chambre
de la reine Marguerite, soit de ce Robert de la Haye, qui la regret-
tait avec tant d'affectueux respect dans le *Tombeau* de la reine de
Navarre, et dont il est question, pp. xxxiv-xxxv de ma Notice ?
Il existe parmi les pièces de J. du Bellay, une pièce adressée *Au
Seigneur Rob. de la Haye*, qualifié par lui d'*amy*, et une autre
intitulée : *Eſtrene à D. M. de la Haye*[1], dans le recueil de vers où
se trouve la *Monomachie de David et de Goliath*, du poëte angevin.
Dans ce même recueil Marguerite de France et sa tante, Marguerite d'Angoulême, sont célébrées ensemble par l'*amy* de Robert de
la Haye.

P. 10, 11. — Les vers d'*Vne Damoyſelle fauorable* confirment
ce que j'ai avancé ci-dessus. On y voit, en effet, les poëtes
novateurs, Ronsard et Du Bellay, unis dans une louange égale
avec les prosateurs A. D. S. D., l'auteur des *Comptes du monde
aduentureux*, et Herberay des Essars, le traducteur des *Amadis*,
appartenant tous deux au mouvement littéraire des années anté-
rieures, au groupe intermédiaire de la reine de Navarre, de
Clément Marot, de Bonaventure des Periers et de leurs émules .
Saint-Gelais, Maurice Scève, Hugues Salel, Claude Gruget,
Denisot, cités dans la note précédente. Jacques Peletier affirmait
cette alliance lorsqu'il souhaitait, vers 1554, la bienvenue au

---

1 Damoyselle Marie de La Haye, auteur de diverses poésies,
probablement sœur ou parente de ce Robert de La Haye.

poëte Olivier de Magny, passant par Lyon pour gagner l'Italie.

Un instant compromise par les hostilités réciproques de Mellin de Saint-Gelais et de Ronsard, elle était vite scellée par la réconciliation qu'amena Des Autels entre les deux partis.

P. 12. — « L. D. *de l'autheur.* » Les amis de l'auteur des *Comptes,* tels qu'ils s'affirment par leurs louanges rimées en sa faveur, n'avaient guère moins d'affinités avec le groupe de Ronsard qu'avec celui de la reine de Navarre. Aussi les rapports que je suppose ici entre *Le Devin* et A. D. S. D., ou *Antoine de Saint-Denis,* concordent-ils parfaitement avec ces données, comme avec leurs situations respectives. Antoine de Saint-Denis est curé de Champfleur, lieu voisin d'Alençon, mais dépendant du diocèse et de la province du Maine. Le Devin, auquel Tahureau dédie une pièce sous le nom de « Monfieur l'Efleu du Tronchay, Anth. le Devin », est natif du Mans, « sieur de la Roche en Anjou, du Tronchay et Montargis au Maine [1]. » Tahureau le range entre Denisot et ses meilleurs amis, dans les vers intitulés : *Aux Muſſes, les conuiant en ſon pays du Maine* :

> Voyez le *Conte d'Alſinois,*
> *Tronchay, Clément* [2] *, de Saint-François* [3],
> Voſtre plus grand mignon *Gatté* [4].
> Voyez *Trouillard* [5], voyez *Neueu* [6],
> Et *Caron,* qui dreſſent vn veu.
> Voyez ces courtines proprettes
> Qu'avec *la Varie* [7] et *Hoyau* [8]
> Mon frere, voſtre *Tahureau* [9]
> A part vous dreſſe dans l'ombrage.

Or, plus que Magny, et autant, sinon plus que Le Caron, Tahu-

---

1. Note de La Croix du Maine, reproduite par B. Hauréau, dans son *Hist. littéraire du Maine.*

2. V. édit. des *Poésies* de Tahureau, de M. Prosper Blanchemain, Paris, Libr. des Bibliophiles, 1870, 2 vol. in-12 (T. 1, Notes biographiques, p. xx.)

3. V. *ibid.,* p. xxiv.

4. V. *ibid.,* p. xx.

5. V. *ibid.,* p. xxix.

6. V. *ibid.,* p. xxii.

7. V. *ibid.,* p. xxix.

8. V. *ibid.,* p. xx.

9. V. *ibid.,* p. xxv.

reau, bien qu'engagé dans le mouvement de l'école ronsar-
dienne, fait cas de l'école gauloise. Ami d'Antoine le Devin, il
l'est aussi de Guillaume Bouchet, le futur auteur des *Serées*.
Admirateur de Ronsard, il ne craint pas, malgré l'hostilité
déclarée de Ronsard et de Joachim du Bellay contre ce maître
railleur au génie multiple, de lui rester fidèle, en traduisant un
éloge de Théodore de Bèze [1] :

> Puifqu'il furpaffe en riant
> Ceux qui à bon efcient
> Traiɗent chofes d'importance :
> Combien fera il plus grand
> (Je te prie di-moy) s'il prend
> Vne œuure de confequence,

et en disant du même Rabelais « trefpaffé » :

> Ce doɗe né Rabelais, qui piquoit
> Les plus piquans, dort fous la lame icy,
> Et de ceux mefme en mourant fe moquoit,
> Qui de fa mort prenoient quelque foucy.

Le Devin, comme Le Caron, se rapproche donc fort naturelle-
ment de l'auteur des *Comptes du monde adventureux*, dont un
homonyme, — peut-être bien un proche parent, — figure tout
juste parmi les plus intimes amis de Tahureau.

Le sonnet adressé par celui-ci à *P. de Saint-Denis, feigneur de
Puifenfaut*, mérite d'être reproduit, à titre d'indice :

> Quoy donq ! *mon Saint-Denys*, ce vulgaire enuieux
> Iappe contre mon nom, qui maugré fon enuie,
> Luyra toufiours plus beau d'vne plus belle vie,
> Tant plus il m'aboyra falement odieux ?
>
> Pour des bauards caquets ainfi malicieux
> La memoire des bons n'eft iamais abolie,
> Ains par cela pluftoft hautement ennoblie
> El' s'en monftre plus belle & n'en vit que trop mieux.
>
> Si doncq *noftre amytié, qui des la tendre enfance
> De nos plus ieunes ans nous monftroit fa puiffance,
> Retient encor, amy, quelque place dans toy,
>
> Appelle *mon Tronchay, mon Bigot, mon Clement,
> Mon Gaité*, mon *du Tertre* [2], & d'vn faint iugement,
> Monftrez vous tous amys de mon nom & de moy.

---

1. V. *Poéfies*, de Tahureau, édit. de 1574, feuillet 25, v°.

2. V. *Poésies*, de Tahureau, édit. P. Blanchemain, T. 1, licité.

Le nom de *Tronchay* (Ant. *Le Devin*) et ceux de leurs compagnons, Angevins ou Manceaux, rassemblés dans ce sonnet, que domine le nom de *Saint-Denis*, offrent matière à réflexion et corroborent singulièrement l'hypothèse d'après laquelle ce serait lui qui aurait écrit les vers placés en tête des *Comptes*, sous les initiales L. D., plutôt que Guillaume Le Diacre, indiqué par ma Notice, p. LXIII.

P. 20. Compte I. « Trenchant l'eau comme vn Dauphin avec *fes œfterons*. » Lisez : *œfterons*, dans le sens de *nageoires*. (V. le Dict. de Littré, au mot *aileron*.)

P. 29. Compte III. — « Mais es chafteaux... les *touaffes*, mulletiers, ou cuifiniers qui y demeurent. » V. Cotgrave : « Touasse... *A lumpifh ignorant, or vnmannerly clusterfift*. » — « Touaffier, *Clownifh, rude, ignorant, vnmannerly, lumpifh* », et Scherwood : « *Lumpifh*... lourd, gourd, lourdin, lourdinet, mauplaisant, rnde. morne, touaffier. » — « *Vnmannerly*... rude, ruftique, touaffier. » — « *A clufterfift*, vn gros marouffle, vn gros touasse, cafois. » — Au mot *Cafois*, Coserave donne : « A countrey-clowne », et Sherwood, au mot *Clowne* : « Ruftault, paisan... pied-gris, pique-bœuf... manant. »

Touaffe, dans l'espèce, comprend donc le sens des mots *lourdaut* et *manant*, ce qui le rapproche fort de *pitaut*, employé ailleurs dans les *Comptes*.

P. 32. Compte IV. — « Acheterent vne bourfe en laquelle auoit plufieurs petitz *bourfoz*. » Ailleurs le diminutif de bourse est écrit *bourfaut*. (V. Compte XIII, p. 78.) On se servait également d'une autre forme diminutive : *bourselot*, mentionnée par le Dict. de Littré.

IBID. — « ... Que ce frere conuertit *tout ce populace*... » L'étymologie explique cet emploi du masculin. — V. La Boétie, *Servit volontaire*, cité par Littré : « Le gros populas, » de l'italien, *populazzo*.

P. 37. Compte V. — « De quoy il fe trouua tellement *efboufé* de colere .» Ce mot qui vient du vieux français *efboufer*, éclater, est l'équivalent de l'italien *sbuffato*.

P. 38. Compte V. — « Le *pitault*, craignant d'eftre furpris. » Il s'agit d'un riche paysan; ce qualificatif est donc, non un indice de pauvreté, mais un terme de mépris caractérisant la basse condition sociale compliquée ordinairement d'une espèce

de balourdise personnelle, comme dans le Compte xxxviii, T. II
p. 31. (V. ci-aprés, p. 207, et Bouchet, *Serées,* édition E. Roybet, chez
A. Lemerre, t. III, p. 9) : « Appelloient les gens des champs où
ils paffoient & logeoient vilains *pitaux,* ruftiques, piedgris &
payfans, » et Littré, Dict., au mot *Pitaud.*

P. 44. Compte vi. — « Ie ne fçay quel *gibet* auiez mangé ceſte
nuyt. » *Gibet* pour *gibier.* (V. Littré, Dictionnaire, au mot *Giboyer.*)

P. 47. Compte vii. — « Vn payfant natif d'vn village du *meilleu*
de la Beauſſe. » *Meilleu* pour *milieu.* (V. Rabelais, *Gargantua* et
Pantagruel, édit. de P. Jannet, t. I, p. 124, et t. II, p. 110 :
meillieu. Le Dict. de Littré indique la forme berrichonne *meilieu*
et la forme provençale *mei loc.*)

Ibid. — « Ce gallant...oyt deux *coqutz* qui en leur chant plaifant fe refpondoient l'vn à l'autre. » Il s'agit de deux *coucous*
chantant dans un bois : *coquou;* mais l'auteur fait allusion au double sens du mot. (V. Bouchet, *Serées,* liv I, p. 275, et Littré,
Dict., aux mots *cocu* et *coucou.*)

P. 58. Compte ix. — « Ainſi meſſire Pheſſelin... *poſtoit* &
volloit par les chemins. » *Poster,* courir la poste. (V. ce verbe
dans le Dict. de Littré.)

P. 69. Compte xi. — « Qui tenant *vn petit beaucoup* du bon
mefnager. » On dit encore *un peu beaucoup.*

P. 72. Compte xii. — « A quoy fiſt refponfe le *picque beuf.* »
Des Periers se sert aussi volontiers de cette expression pour désigner un paysan, dans plusieurs de ses contes.

P. 73. Ibid. — « Ayant perdu ſa *brigue.* » Ayant perdu sa peine,
n'ayant pas obtenu l'objet de ses prétentions.

P. 78. Compte xiii. — « Ces *grifards.* » Terme fréquemment
employé pour désigner les moines *vêtus de gris.* (V. dans le
Compte xxiii le mot *grisard,* pris comme épithète : « Ceſte *grifarde* chaleur. »

Ibid. « Fouille dedans le *capeluchon* de ſa iuppe & tire d'vn
petit *bourſault.* » Ailleurs, p. 32, Compte iv, on trouve : « Plusieurs petitz *bourſoz.* » Le mot *capeluchon* vient du même radical
que *capeline,* encore usité.

Ibid. — Fut defchanté en contrepoinſt. » Métaphore prise ici
dans un sens érotique.

P. 89. Compte xvi. — « Au reſte doſte *en faculté des bas fou-
haiz.* » Cela s'entend plaisamment du déduit d'amour.

P. 90. Ibid. « Le *mercadant.* » C'est l'italien *mercadante,* équivalent dumot français *marchand.*

Ce conte est fort cru chez Massuccio. Le prêtre en bonne fortune y dit qu'il veut « Poner *lo Papa a Roma* ». On entend dans quel sens. Le tailleur, réfugié dans une soupente, estimant qu'il ne convient pas d'assister à une telle fête sans fanfare, sonne de la *piva,* qu'il avait à sa ceinture ; si bien que le prêtre, épouvanté de ces sons bruyants, et ne sachant d'où ils sortent, croit voir arriver à ce bruit les parents de la dame et se sauve précipitamment. Le tailleur alors, ravi, prend sa revanche et le pape n'ayant pu entrer à Rome, notre homme pose « *il* Turco *a Costantinopoli.* » Ce que je vous laisse à deviner.

P. 107. Compte xix. — « Creurent facilement *ceste menfonge.* » — Voir sur l'emploi ancien du féminin, le Dict. de Littré (Hiftorique & étymologie de ce mot).

P. 120-121. Compte xxii. — « Eft la coutume qu'il y a plusieurs *beliftres.* » — « *Belifitant* avec vn afne, la cloche au col. » Mendier — Mendiant.

P. 127. Compte xxiii. — « Cefte *grifarde* chaleur, » — chaleur de concupiscence, telle qu'elle est habituelle aux moines. (V. ci-dessus, p. 205, la note au sujet du Compte xiii.)

Table de l'édition originale. (Compte xxiv). On lit : « D'vn *medecin* qui auoit acheté vne coupe, » tandis que dans le *Compte* même le héros de l'anecdote est « vn venerable *docteur en loix* »

P. 133. Compte xxiv. — « Et apres auoir *contenté* l'or, l'argent & la façon. » Contenté signifie ici *se reconnaître content de.*

Ibid. « Laquelle s'eftant parée & *tiffée* » de l'ancien verbe *tiffer,* d'où est venu *attifer.* (V. ce dernier verbe dans le Dict. de Littré).

P. 51. Compte xxvii. — Lisez « *Vnes* lettres pleines... » Le pluriel s'explique par le latin *litteræ.* Villon dit (*Grand Testament,* cxxv): « Vnes houfes de bafanne » et (*ibid*), dans la Ballade ayant pour refrain : *Soient frittes ces langues ennuieufes.* « Vnes brayes breneufes. » — Sur l'emploi de *uns, unes* dans le vieux français, comme en latin, avec un nom au pluriel quand, malgré le pluriel, il s'agit d'une seule chose, voir le Dict. de Littré.

P. 159. Compte xxviii. — « La couftume eftre de fe plaindre fouuent de la *maire* du ventre ». — V. t. II, p. 117, Compte xlviii : « ... L'amarry defuoyé » et ci-après, p. 208-209.

P. 166. Compte xxxix. — « D'vne fi puante & fi venimeuſe *Ser-pente.* » Sur cet emploi du féminin, dans la vieille langue fran-çaise, imité par La Fontaine dans *Psyché*, II, p. 178. V. le *Dict.* de Littré (Historique et Étymologie) qui cite ce vers de Clément Marot : « La grand ſerpente au pole arctique emprainte. » (IV, p. 65).

P. 180. — Compte xxxii. — Dans l'édition des *Comptes* de 1560, le début ne contient pas la mention du Dauphiné et de la Savoie, qu'on lit dans le texte de 1555.

TOME II.

P. 2. Compte xxxiv. — Soulignons une expression heureuse — « Vn ieune écolier, trouvant vne dame à ſon gré, laiſſa tous ſes liures pour regarder & *lire au viſage de ceſte dame.* » On peut rapprocher de cette lecture la *lecture des bons vins.* (Compte xii, p. 74.)

P. 17. Compte xxxvi. — « En vne des villes de ce royaume... » Je supposerais volontiers, d'après ce que j'ai dit en ma Notice, qu'il s'agit d'Alençon et de ses environs dans ce début, et que le *voyage de dévotion* s'adressait au couvent et au riant pays d'Almenesches. (V. t. I, pp. lxii et lxxxix.)

P. 30-36. Compte xxxviii. — Les niaiseries et balourdises du *pitaut,* fils de laboureur, qui avait épouſé la fille d'un gentil-homme, rappellent les aventures grotesques de *Till Eulenspiegel* ce type populaire des pays de Flandre et d'Allemagne. — V. ci-dessus, p. 204, la remarque au sujet du mot *pitaut,* qui se retrouve aussi dans le compte xlvi, et ci-après la citation d'Henri Estienne, au mot *Jenin.*

Ibid. — Le terme *vertugoy de village* indique une ſotte préten-tion de manant. *Vertugoy* était un juron qui se trouve chez Rabelais avec la forme *vertus guoy.* (V. l'édit. de ses œuvres, de P. Jannet, liv. I, p. 97 ; II, 65, 128 ; III, 39).

Ibid. — « Le pauure *Ienin,* » ou *Janin,* sobriquet moqueur, alors fort usité. « Quand on dit : « C'eſt vn Ioannes, cela vaut autant que ce que maintenant on appelle vn pedant & quand on dit vn bon *iannain* que le vulgaire prononce *genin,* cela s'entend proprement d'un pitaut qui prend bien en patience que ſa femme lui faſſe porter des cornes. » (Henri Estienne : *Apologie pour Hérodote*, cité par le Dict. de Littré, au mot *pitaud*.)

P. 45. Compte xxxix. — « Et apres auoir contenté la vieille de ſon *heureux ambaſſade*. » Au xvie siècle l'usage hésitait entre l'emploi du masculin et celui du féminin pour ce mot.

P. 54. Compte xli. — « Ces bons biberons... les font ſeoir aupres d'eux auec ſi bonne chere que ce fut à recommencer à qui mieux & plus longs traitz boyroit, de ſorte qu'vn chacun fiſt tel deuoir de *gourmander* & *grenouiller*, qu'à grand peïne peurent aſſez toſt trouuer leurs maiſons pour dormir. » Sur le mot *gourmander* pris dans le sens de *se livrer a la gourmandise*, voir le Dict. de Littré. — Sur le mot *grenouiller*, dans le sens d'*ivrogner*, voir *ibid*.

Ibid. — Lisez : « Non du bon vouloir qu'*ilz* portoient à leurs mariz. » *Ilz* pour *elles* ; forme répétée ailleurs. — Sur l'emploi de *ilz* au féminin pluriel, dans le vieux français, voir le Dict. de Littré, au mot *il* (Étymologie).

P. 61. Compte xlii. — « Fit rencontre de cinq ou six *fuſtes* de mores. » *Fuſte* (qu'il ne faut pas confondre avec *fluſte*) sorte de baque ou navire de forme allongée, allant à voiles et à rames. V. le Dict. de Littré, au mot *fuste*.

Ibid. — « Fut la nauire mis en fons. » On sait que *navire* fut longtemps un mot féminin ; mais il faudrait dans ce cas *mise* et non *mis*. — *Mis en fons* ou *mis d fond*, signifie *coulé bas* : « Ils *meirent* pluſieurs de leurs vaiſſeaux *à fond* ». (Amyot, cité par le Dict. de Littré.)

P. 63. Ibid. — « Où penſe trouver ſa *bougette* pour bailler l'argent au more. » *Bougette*, pochette, petit sac servant de bourse. — C'est du français *bougette* qu'est venu le *budget* des Anglais, que nous avons repris dans un tout autre sens.

P. 104. Compte xlvii. — « Delibera la marier à vn vieil *milor* ſon voiſin. » Cette forme indique déjà la prononciation usitée de nos jours en français pour le mot anglais *my lord*. Henri Estienne (*Du langage françois italianizé*, cité par Littré) mentionne ce mot comme passé depuis déjà longtemps en usage dans la langue française. — On avait dit aussi *milour*, forme employée encore au xviie sièle par Scarron, dans son *Virgile travesti*.

P. 114. Compte xlviii. — « Banquetz & *feſtiment*. » Festoiement se rencontre plus souvent dans la langue du temps.

P. 115. Ibid. — « Et tout *fumé* retourne au logis. » *Fumé*, excédé de dépit et de colère : « Si commença à foy *fumer* & couleur changer. » (Les *Cent Nouv. nouvelles.* Nouv. XLI, cité par Littré.)

P. 116. IBID. — Lisez : « N'ofoit *fortir le logis.* » V. Compte LI, p. 141. — « Qui iamais n'auoit *forty la ville.* » Sur cette construction directe du verbe avec son régime empruntée du latin, voir le Dict. de Littré, au mot *fortir* (remarque 4) et les exemples de Rotrou et de Saint-Simon qui y sont rapportés.

P. 117. IBID. — « Quelquesfois auoit le cœur failly, l'*amarry* defuoyé, vne autresfois des *trenchaifons*, & tant de *degouftemens.* » L'*amarry* ou l'*amer* désigne le fiel : « Si nature a vne veffie qui fe tient à vne des brances du foie, qui eft apelée l'*amer*. » (Exemp. du XIIIᵉ siècle, cité par Littré au mot *amer*). — *Trenchaifons*, tranchées. — *Degouftement*. Ce mot, plus fort que *degouft*, se rencontre chez les meilleurs auteurs du XVIᵉ siècle : Ambroise Paré, Henri Estienne, Montaigne, etc.

P. 118. IBID. « Le trouuerent en l'accouftrement d'un page qu'on fouette à belles *efcourgées.* » A beaux coups de lanières. — Ce terme expressif qui remonte au XIIIᵉ siècle, et dont Boileau s'est encore servi, mérite de rester dans l'usage.

P. 121. Compte XLIX. — « ... De la part d'vne ieune *Gentilfemme* ». Cette forme féminine correspondant au masculin *gentilhomme* dans l'ancien français, n'était plus déjà d'un usage très-fréquent au XVIᵉ siècle.

IBID. — Ainsi *pourpenfoit* tous les moyens de commencer fa pourfuyte ». *Pourpenfer*, méditer, examiner avec mûre réflexion. (V. le Dict. de Littré ce vieux mot, dont Saint-Simon avait gardé l'usage).

P. 124. IBID. — « Pour *erres* e fon amytié. » *Erres*, arrhes. L'ancienne prononciation durait encore au XVIIᵉ siècle. (V. Bouhours, cité par Littré.)

IBID. — « Quelques baifers entremeflés de *douces reproches.* » Sur cet emploi du féminin, voir le Dict. de Littré au mot *reproche* (Remarque et Historique).

P. 135. Compte L. — « N'euft efté vne *fcintile* de raifon. » *Scintile* ou mieux *fcintille* est ici, comme chez la reine de Navarre, et nombre de lettres du temps, le latin *fcintilla* directement translaté en français, au lieu de la forme populaire d'*eftincelle* (pour *efcintelle*), écrite aujourd'hui *étincelle* et devenue définitive.

P. 146. Compte LII. — « Que le *forſaire* eſtant en gallere »
On a dit *forçaire* et *forsaire* pour *forçat*. — V. Cotgrave au mot
Forsaire : « A Galley-slave » et au mot *Galley-slave* : « forçat,
forsaire, galerien.

P. 167. Compte LIII. — « Ceſte vigilante *decrepitée* ». Pour *dé-
crépite*. Se trouve chez Cotgrave, traduit par *very old*.

IBID. — « Comme femme ſubtile & *ſubeline*. » V. Cotgrave,
au mot *Sublin, ine :* » refined, most fine » et au mot *Refined :*
« raffiné. »

INDEX

DES NOMS HISTORIQUES ET DES NOMS DE LIEUX

contenus dans les

COMPTES DU MONDE ADVENTUREUX

LA TABLE

de ce prefent livre.

ACHEVÉ D'IMPRIMER

LE VINGT OCTOBRE MIL HUIT CENT SOIXANTE-DIX-SEPT

PAR A. QUANTIN

POUR

ALPHONSE LEMERRE, ÉDITEUR

A PARIS.